Kriminalfälle alteingesessener Bewohner und Neubürger
einer Kleinstadt in der Nachkriegszeit

mit einem Epilog über das Heute

Phantombild: Dirk Scheerle, Landeskriminalamt Niedersachsen

Manfred Henze, 1952 in der Innenstadt von Neustadt am Rübenberge geboren, trat 1970 in den Polizeidienst des Landes Niedersachsen ein. Er wirkte in 45 Dienstjahren in fast allen Bereichen der Landespolizei, davon insgesamt 37 Dienstjahre beim heutigen Polizeikommissariat Neustadt, das er die letzten 15 Jahre bis zur Pensionierung 2015 leitete. Der Erste Polizeihauptkommissar fand schon frühzeitig vor dem Eintritt in den Ruhestand einen neuen Wirkungskreis bei der Opferhilfeorganisation WEISSER RING; seit 2015 leitet er den WEISSEN RING in der Region Hannover. Manfred Henze ist verheiratet, hat zwei erwachsene Söhne und wohnt in Neustadt-Poggenhagen. Er ist Mitglied in zahlreichen Vereinen und Institutionen. Nach seinem sehr erfolgreichen Erstlingswerk „Stehlen, Quälen, Morden – Das ist doch nicht erlaubt!" legt er nun sein zweites Buch vor.

FSC
www.fsc.org
MIX
Papier aus verantwortungsvollen Quellen
Paper from responsible sources
FSC® C105338

Weiterer Titel des Autors:
Stehlen, Quälen, Morden – Das ist doch nicht erlaubt
Rübenberger Verlag Tanja Weiß
ISBN: 978-3-936788-29-7

1. Auflage 2018

Herstellung und Verlag
BoD – Books on demand, Norderstedt
ISBN: 978-3-748119-39-5
Umschlaggestaltung: Julian Henze
Lektorat und Korrektorat: Rita Nandy
technische Umsetzung: Moritz Henze

Mehr über den Autor im Internet unter:
www.manfredhenze.de

Liebe Leserinnen und Leser,

auf den Seiten dieses Buches berichte ich Ihnen über wahre, spannende, erschütternde, aber auch humorvolle Kriminalfälle, die nach dem Zweiten Weltkrieg in Neustadt am Rübenberge geschahen. Die Handlungen hätten sich aber auch in jedem vergleichbaren Provinzstädtchen ereignen können.

Im Zentrum der Aufmerksamkeit standen zu jener Zeit der Wiederaufbau, der Kalte Krieg, die Wiedergutmachung, das Wirtschaftswunder und die Bindung an den Westen.

In der Altstadt lebten Menschen in x-ter Generation, häufig in sogenannten Ackerbürgerhäusern. Landwirtschaft und Viehzucht sicherten die Existenz, früher im Haupterwerb, nach dem Zweiten Weltkrieg überwiegend im Nebenerwerb.

Die Bewohner, in der Mehrzahl nicht miteinander verwandt, blieben unter sich. Sie kannten sich in- und auswendig. Die Menschen redeten miteinander und übereinander: Peinlichkeiten, Verletzendes, Gehässiges, Wahrheiten und Unwahrheiten. Alte Bewohner starben, die Mitmenschen trauerten und begleiteten sie selbstverständlich auf ihrem letzten Weg. Auch über den Tod hinaus verstummte das Gerede über sie nicht.

Der Krieg hatte die Stadt, die Häuser, verschont. Die Gebäude hatten oft ihre beste Zeit hinter sich. Aber das Fachwerk, der Lehm, das Stroh, die Asche hielten vieles noch zusammen. Und die Häuser boten Platz. Oft wohnten drei oder gar vier Generationen unter einem Dach. Die Ansprüche waren gering.

Zu diesen Alteingesessenen kamen nun unzählige Menschen hinzu, geschundene, verzweifelte, teils traumatisierte. Sie flüchteten vor Krieg, Armut, Gewalt und Not. Der Weg der Vertriebenen war strapaziös. Sie mussten aufgenommen und untergebracht werden, eine gewaltige Aufgabe. Unweigerlich stellt man beim Lesen verblüffende Parallelen zu unserer heutigen sogenannten Flüchtlingsproblematik fest.

Zwei Welten prallten aufeinander. Das vertraute Leben der Einheimischen und die Fremdartigkeit der Zugezogenen. Diese brachten andere Sprachen, Sitten und Bräuche mit. Zwar war die Hilfsbereitschaft groß, dennoch lehnten viele der Alteingesessenen die Neubürger ab. Sie wurden lediglich geduldet, nicht aber in die Dorfgemeinschaft aufgenommen.

Dieses Buch ist eine kleine Milieustudie der damaligen Zeit. Die erzählten Ereignisse, alle mit kriminellem oder zumindest polizeilichem Bezug, zeichnen individuelle Einzelfälle nach, geben aber dadurch die allgemeinen Verhältnisse und Sichtweisen der Kleinstädter und der Fremden wieder.

Es sind Altfälle, die über Jahrzehnte auf dem Dachboden der Polizeiwache in Vergessenheit gerieten. Manches wurde mir berichtet, an anderes habe ich mich als Kind der Innenstadt erinnert.

Ich schildere Taten wie Kindestötung, Körperverletzung, Brandstiftung und Betrug. Sogar Zuhälterei gab es im beschaulichen Neustadt.

Die Schauplätze sind authentisch, die Namen der Handelnden überwiegend geändert. Als Maximum hatte ich mir 25 Fälle gesetzt. Nicht, dass mir dann die Vorkommnisse ausgegangen wären, ganz im Gegenteil, es hätten bei weitem mehr werden können.

Als das Ende sich näherte, kam eine Fortsetzung hinzu: ein 26. „Fall", ein Disziplinarverfahren gegen Polizeibeamte. Er ist beschämend für meinen Berufsstand, gleichwohl ist ihm eine gewisse Komik nicht abzusprechen.

Und ganz zum Schluss folgte sogar noch ein 27. Fall, der mir in meiner Funktion als ehrenamtlicher Leiter des WEISSEN RINGS erzählt wurde.

Die Fälle

1.
Der schreckliche Fund in der Schuttkuhle

Sommer 1953. Kinder spielten unbeschwert auf den Kernstadtstraßen. Der Straßenverkehr auf den nördlich gelegenen Nebenstraßen der Marktstraße hielt sich in Grenzen. Ohne sich zu gefährden, konnten die Kinder auf den Straßen tollen.

„Ecken, Gucken, Karo" spielte der Nachwuchs am liebsten. Ein Kind stand mittig einer Nebenstraße und die restlichen bauten sich als Gruppe auf der anderen Seitenstraße auf. Sie sahen sich über eine etwa 50 Meter lange Verbindungsgasse. Dann sang die Gruppe „Ecken, Gucken, Karo links oder rechts?" Nach dem fragenden Gesang zeigte das Einzelkind durch seitliches Ausstrecken des Armes entweder die linke oder die rechte Seite an. Die Gruppe lief so schnell wie möglich in die angezeigte Richtung und versteckte sich. Das Einzelkind jagte nun die etwa fünfzig Meter lange Gasse hinauf und versuchte noch einen Blick auf eines der versteckzuchenden Mädchen oder Jungen zu erhaschen und den entsprechenden Vornamen zu rufen. Dieses Kind schied jetzt schon aus und musste zur Strafe zusammen mit dem Einzelkind die anderen in ihren Verstecken aufspüren. Das konnte eine Weile dauern, versprach aber überaus Spannung.

Aber man konnte auch so durch die Innenstadt, die das Wort nicht verdient hatte, stromern, ohne dass man von Erwachsenen beachtet, geschweige denn von den Eltern gesucht wurde.

Nicht schulpflichtige Kinder gingen morgens aus dem Haus und kamen bei Einbruch der Dunkelheit wieder, Schulkinder stießen gegen Mittag dazu.

Die Balgen bolzten mit dem an den Nähten aufgeplatzten Lederball, natürlich jeweils in der Mannschaft, in dessen Straße man wohnte; auf dem kleinen Berg spielte man Cowboy und Indianer; auf dem Amtsgarten wollte man über die steilen Festungsmauern das Schloss erobern und vieles mehr. Langeweile kam nie auf.

Gegessen wurde, bei wem man gerade in der Nähe war. Pellkartoffeln mit Butter und Salz, einen aufgewärmten Eintopf oder eine Stulle mit selbst geschlachteter deftiger Wurst gab es immer. Ein Schluck aus der Wasserleitung brachte den Flüssigkeitshaushalt wieder ins Gleichgewicht. Wenn am Nachmittag der Zwischendurch-Hunger kam, futterten die Sprösslinge ein Brot mit Apfelmus oder Rübensaft oder man stibitzte sich aus irgendeinem Garten einen dicken, roten Apfel.

Im Übrigen brauchten die Kinder Toiletten nach heutigen Vorstellungen nicht aufzusuchen. Sie waren schlichtweg noch nicht vorhanden. In der Stadt gab es noch keine Kanalisation. Auf den Hinterhöfen der Ackerbürgerhäuser befanden sich in den Stallungen die „Plumpsklosetts“.

So wuchsen die Kinder frei und unbeschwert auf.

Die Menschen spürten die ersten Veränderungen, den bescheidenen Fortschritt und die Besserung der wirtschaftlichen Verhältnisse.

Das Anfallen von sogenanntem Hausmüll war ein klitzekleiner Gradmesser dafür. Haushalte hatten blecherne Mülltonnen, die von Müllfahrzeugen abgeholt wurden. Diese kippten den Unrat in Müllkippen. Sie wurden dort mit Genehmigung eingerichtet, wo Geländesenkungen waren, die verfüllt werden sollten. Bei genügender Ablagerung von Müll wurde dieser mit Erde überdeckt.

Die Stadtverantwortlichen platzierten diese Müllkippen nicht etwa an der Peripherie der Stadt, sondern mitten im Stadtkern.

So gab es eine Müllkippe am Ende einer Nebenstraße an dem kleinen Berg, wo heute eine Parkanlage ist.

Eine weitere befand sich an der Schlossmauer, auch einer heutigen Grünanlage. Nicht weit entfernt davon gab es noch eine, im jetzigen Neubaugebiet.

Aber genug der Vorgeschichte.

Ein schrecklicher Kriminalfall ereignete sich in der zuerst von mir beschriebenen Müllkippe im heutigen Stadtpark.

Wenn ich anfangs von den Spielen der Kinder berichtet habe, so muss ein weiterer „Spielplatz“ hinzugefügt werden, nämlich die Müllkippen.

Hiervon durften die Eltern aber nichts wissen. Nicht nur, dass man nach dem Spielen bestialisch stank, es war auch nicht ungefährlich.

Aber das Abenteuer lockte. Man stand oben am Rande der steil abfallenden Kippe und viele Meter unten hielt sich keine Menschenseele auf. Die Spielenden befanden sich verlassen in ihrer verzauberten Welt.

Die Kinder konnten mit einem Pappkarton zum Beispiel ganz toll hinunterrutschen. Mühselig, wie ein Bergsteiger, mussten sie sich wieder in dem nachrutschenden Unrat nach oben bewegen. Jeder wusste zwar, dass sich dazwischen auch Ratten herumtrieben, aber das machte einen nicht bange.

Auf zwei Dinge mussten sich die Kinder aber einstellen. Sie durften den Müllfahrern nicht begegnen und auch nicht den sogenannten „Schuttkuhlenkratzern", das waren arme Männer, die mit gebogenen Hacken zwischen den Abfällen nach „Brauchbarem" suchten. Vor diesen beiden Gattungen mussten sie sich in Acht nehmen. Aber es erhöhte auch die Spannung.

In diesem Sommer 1953 spielte ein Erstklässler allein nachmittags in der Schuttkuhle. Er hieß Friedel, war fast sieben Jahre alt und wohnte am Anfang der Nebenstraße, also nur wenige Meter von der Müllkippe entfernt. Er war der älteste von drei Kindern eines Paares, das aus Oberschlesien flüchten musste. Sie hatten im oberen Bereich eines Ackerbürgerhauses ein neues Zuhause gefunden.

Friedel hatte einen alten Kinderwagen entdeckt, an dem die Karosserie fehlte. Er setzte sich hinein und konnte, wie mit einem Schlitten, mit hoher Geschwindigkeit hinunterrutschen.

Es funktionierte hervorragend. Mühe hatte Friedel mit dem Aufwärtstransport.

Bei diesem Aufwärtskraxeln meinte Friedel eine kleine Puppe entdeckt zu haben. Da er sich bewegen musste, rutschte Unrat nach und die Puppe verschwand darunter wieder. Friedel war neugierig geworden. Er buddelte mit beiden Händen in dem gesichteten Bereich und wurde wieder fündig.

Jedoch erstarrte er vor Schreck, denn er blickte auf ein winzig kleines, nacktes Baby mit einer Schnur am Bauch. Trotz des Schock schaute er aus den Augenwinkeln noch einmal hin und seine erste Feststellung bestätigte sich.

Ihm schoss nur eines durch seinen Kopf, weg hier, so schnell wie möglich. Er warf das Kinderwagenoberteil beiseite und mit parallelen Bewegungen von Armen und Beinen stieg er zum Schuttrand hoch.

Und von dort rannte er direkt nach Hause.

Als seine Mutter ihn sah, schimpfte sie ihn als Dreckspatz aus. Er musste mit ihr in den Kellerraum, wo sie gerade die Bettwäsche im Waschkessel kochte. Nachdem sie aus einer Zinkwanne die Wäsche entnommen hatte, stieg Friedel splitterfasernackt in die Waschlauge.

Während des Schrubbens beichtete er seiner Mutter seine Beobachtung.

„Du musst gar nicht eine so schauderhafte Geschichte erfinden. Ich habe dir schon hundertmal gesagt, dass du in der Schuttkuhle nichts zu suchen hast, ein für alle Mal."

Friedel wiederholte jedoch das Gesehene sehr aufgeregt, aber und aber mal, so dass die Mutter das Gesagte nicht mehr für ganz abwegig hielt.

Gemeinsam ging man zur Müllkippe und Friedel sollte die Stelle zeigen. Allerdings fanden sie das Beschriebene nicht. Friedel betonte noch einmal, dass durch seine Bewegungen immer wieder Schutt nachrutschte und das Kind darunterliegen müsste.

Mit ernstem Gesicht und etwas lauter werdend, fragte die Mutter noch einmal, ob dies alles stimmte. Friedel schwor es sogar.

Am späten Nachmittag kam der Vater von der Arbeit nach Hause. Kaum betrat er das Haus, wurde das Erlebnis eindringlich erzählt.

Die Eltern beschlossen, die Wache der Polizei aufzusuchen und Friedels Erlebtes zu melden.

Der langjährig in der Stadt Dienst versehene Polizeibeamte war recht ungläubig. So etwas gab es in seinen Berufsjahren noch nicht. Mehrmals redete er Friedel ins Gewissen, die Wahrheit zu sagen. Der blieb aber hartnäckig bei dem Gesehenen.

Der Polizeibeamte beratschlagte sich mit einem zweiten Beamten. Sie sprachen im gedämpften Ton, wobei Friedels Eltern die Wörter Flüchtlinge und Wichtigtuer wahrnahmen.

Dann sagten die Beamten, dass der zuständige Kriminalbeamte informiert würde. Frühestens in den Morgenstunden des Folgetages würde dann die Müllkippe in Augenschein genommen. Bis dahin sperre man sie polizeilicherseits ab.

Friedel sollte morgen nicht zur Schule gehen. Man würde die Familie vormittags aufsuchen und dann alles Weitere veranlassen.

So geschah es auch. Aus der naheliegenden Großstadt kam der für den Kreis zuständige Kriminalbeamte. Eine wichtige, gar übergewichtige Persönlichkeit, mit Anzug und darunter einer roten Weste. Er machte ein ernstes, nachdenkliches

Gesicht und rauchte dabei eine Zigarre. Im Schlepptau hatte er zwei Polizeibeamte, einen städtischen Bediensteten und zwei Müllwerker.

Friedel sollte nun genau die Stelle angeben, wo er das tote Baby gesehen hatte. Intensives Suchen führte aber nicht zum Auffinden des Babys. Friedel musste immer und immer wieder die Stelle genau beschreiben.

...und dann doch das Unglaubliche, ein Müllwerker fand ein vermutlich gerade geborenes Kind mit Nabelschnur.

Ruhe, Betroffenheit und Erschütterung machten sich bei allen Beteiligten breit.

Friedel wurde mit den Eltern nach Hause geschickt, umherstehende Neugierige ebenfalls. Die Polizei begann mit der Spurensuche.

Wie ein Lauffeuer ging das abscheuliche Ereignis durch die Innenstadt. Das Gerede beherrschte nicht nur den Tag, es sollte Gesprächsstoff für lange Zeit werden.

Wer machte so etwas? Wer warf sein neugeborenes Kind auf die Müllkippe? Wer war in letzter Zeit schwanger? Fragen über Fragen.

Die polizeilichen Ermittlungen zogen sich über Wochen hin. Die Beamten gingen von Haus zu Haus, unzählige Befragungen wurden durchgeführt, Hinweisen nachgegangen. Trotz der umfangreichen Bemühungen gab es keine Klärung. Die Ungewissheit über diese schlimme Tat blieb in den Köpfen der Innenstädter.

Gerüchte kamen auf und wurden wieder verworfen, argwöhnisch beäugte man sich gegenseitig. Nach vorherrschender Meinung kamen als Täter oder Täterin nur Stadtbewohner infrage. Zugereiste Flüchtlinge wurden favorisiert.

Zutrauen würden die Einwohner es niemandem, aber die Not, die Angst oder sonstige Gründe konnten ja sehr groß gewesen sein.

Störend fanden es alle, dass es keinen Abschluss gab, keine Erklärung, keinen Beschuldigten. Die unter sich Vertrauten mussten mit diesem schrecklichen Vorfall leben, aber man konnte es eigentlich nicht.

Drei Gebäude hinter Friedels Zuhause wohnte in dem uralten Fachwerkbau Familie Kahle.

Drei Generationen lebten dort auf engstem Raum. Wilhelm Kahle war seit dem Tod seines Vaters Wilhelm Senior vor vier Jahren Eigentümer des Grundstücks mit Hauptgebäude und hinteren Stallungen. Wenn man durch die integrierte Haustür des großen Scheunentores direkt an der Nebenstraße das Bauernhaus betrat, befand man sich in einer riesigen Diele von der aus in der unteren und oberen Ebene etliche Türen, besser gesagt Verschläge, abgingen. In der Diele hatten zwei große Hunde ihr Revier.

Oben waren die Schlafräume von Wilhelm Kahle und seiner Frau Wilma, deren gemeinsame Tochter Inge und Schwiegersohn Friedrich sowie der fünfjährigen Enkelin Gisela.

Friedrich war zwar ein Eingeheirateter, da er aber von einem Bauernhof aus einem Nachbardorf stammte, hatte keiner etwas gegen ihn.

Wilhelm Kahle war 63 Jahre alt. Er hatte während des Ersten Weltkrieges als 26-Jähriger das linke Bein verloren. So wurde es im Allgemeinen erzählt. Gleichwohl war er kein Kriegsversehrter. Vielmehr stürzte er im betrunkenen Zustand im Moor, wo er als Torfstecher arbeitete, vor eine Lore, von der das Bein überrollt wurde.

Seitdem ging er keiner Berufstätigkeit mehr nach und bezog eine bescheidene Rente. Der Vorfall prägte sein weiteres Leben. Alkohol stand immer mehr im Mittelpunkt. Vermutlich wollte er damit seine Unzufriedenheit betäuben. Kahles Wilhelm, wie man zu sagen pflegte, erlebten die Menschen jähzornig, aufbrausend, gewalttätig, aggressiv und immer schlecht gelaunt.

Die Kinder hatten Angst vor ihm und machten bei seinem Erblicken einen großen Bogen.

Das Erblicken ist allerdings zu korrigieren. Beim Hören nahmen die Kinder schon Reißaus. Besondere Geräusche kündigten sein Nahen an. Sein Holzbein klickte und sein Handstock klackte. Entsprechend nannten die Kinder ihn hinter seinem Rücken nur Klick-Klack-Opa.

Klick-Klack-Opa war in der Regel mit einem eisenbereiften Handwagen unterwegs, der auch noch zu seinem Geräuschumfeld beitrug. Zum Erleichtern des Ziehens band er an der Handwagendeichsel die beiden Hunde.

Jeder wusste, dass Wilhelm seine Frau Wilma oft schlug. Sie nahm dies mit einem störrischen, alternativlosen Erdulden hin. Wenn Schwiegersohn Friedrich dazwischen ging, musste er noch aufpassen, dass er nicht auch Schläge abbekam. Wilhelm war der Herr im Haus und hatte das Gewohnheitsrecht dazu. Ein Unrecht wurde kaum in seinem Handeln gesehen.

Hin und wieder hatte er aber dazu noch geistige Aussetzer. Dann wurde er abgeholt und verbrachte einige Tage in der sogenannten Irrenanstalt in der Nachbarstadt.

Auch zum Krankenhaus seines Heimatdorfes pflegte er regelmäßigen Kontakt. Durch seine aufbrausende Art hatte sich Kahles Wilhelm ein besonderes Recht erworben. Er durfte dort die Küchenabfälle beziehungsweise Essensreste abholen. Das umfasste täglich zwei Blechtonnen, die er an seine sechs Schweine verfütterte. Gelegentlich bekamen auch die Hunde etwas ab. Zudem hielt er einige Hühner und Kaninchen auf dem Hof.

Tagaus, tagein fuhr er in den späten Nachmittagsstunden mit dem von Hunden gezogenen Handwagen in Richtung Krankenhaus. Die 300 Meter führten über Blaubasaltsteine der Nebenstraße durch die Wallanlagen, vorbei an der Schuttkuhle bis zur Sackgasse, in der sein Ziel lag.

Zu dieser Zeit erblickte niemand spielende Kinder.

Krachend kam er dann mit seinem Gefährt wieder zurück. Gelegentlich blieb er stehen, lehnte sich an die Abfalltonnen und zog einen Flachmann mit Korn aus der Lodenjoppe.

Klick-Klack-Opa hatte Perioden, wo es ihm besonders schlecht ging. Die Nachbarn sprachen von einem Quartalssäufer. Am Höhepunkt seines Quartals wies ein Arzt ihn in die Anstalt ein.

Nun erfolgte nach einem schlimmen Wochenende wieder ein Anstaltsaufenthalt. Im Delirium erzählte der alte Kahle dem behandelnden Arzt gruselige Geschichten.

So ein Arzt in der Anstalt bekam vieles zu sehen und zu hören, so dass die Mediziner dies als Hirngespinste hinnahmen.

Was aber Kahles Wilhelm an makabren Details erzählte, entbehrte schier jeglicher Fantasievorstellung und war damit fast schon wieder glaubhaft.

Auf jeden Fall hielt es der Anstaltsarzt für seine Pflicht, trotz seiner Schweigepflicht, das Erzählte einem Kriminalbeamten mitzuteilen.

Dieser suchte die Anstalt auf und ließ es sich von Kahles Wilhelm persönlich schildern:

„Am späten Nachmittag fuhr ich wie immer mit meinem Handwagen, auf dem ich zwei leere Tonnen gestellt hatte, zum Krankenhaus.

Auf einer rückwärtigen Zufahrt des Krankenhausgebäudes, die nur für Einsatzfahrzeuge und Personal zugelassen ist, suchte ich den unverschlossenen Abstellraum auf. Auf einen dafür vorgesehenen Podest stellte ich die leeren Tonnen ab. Anschließend hörte ich einen Krankenwagen mit Einsatzhorn. Draußen fingen die Hunde vor meinem Wagen an zu bellen. So ging ich kurz vor die Tür und beruhigte die Tiere. Diese Gelegenheit nutzte ich, um einen Hieb aus meinem Flachmann zu nehmen. Da der Inhalt fast leer war, schluckte ich den gesamten Rest hinter meine Kehle.

Dann ging ich wieder hinein, trug mühselig zwei volle Abfalltonnen auf den vor der Tür stehenden Wagen und trottete mit dem Gespann nach Hause.

Auch wie immer fuhr ich durch die große Diele meines Hauses auf den Hinterhof, band die Hunde los und ließ das übrige dort stehen.

Dies war für mich immer eine große Anstrengung, die mich völlig erschöpfte. Der Alkohol übernahm den Rest.

In voller Montur legte ich mich erst einmal auf das abgewetzte alte Sofa in der Küche und ruhte mich aus.

Eine Stunde später bereitete ich das Schweinefutter vor. In dem Trog wollte ich die Essensreste mit Schrot vermischen.

Als ich den Deckel der ersten Tonne abnahm, erschrak ich fürchterlich. Ich hatte mich im Suff vertan. Statt der Tonnen mit Essensresten, nahm ich die seitlich davon stehenden Tonnen mit besonderem Abfall, nämlich abgetrennten Körperteilen, herausgenommenen Organen, aber auch Totgeburten mit. Diese Tonnen werden eigentlich von einem Unternehmen abgeholt, die sie der Verbrennung zuführen.

Ich legte den Deckel wieder auf die Tonne.

Aber wohin damit? Natürlich, am nächsten Tag zurückbringen, dachte ich.

Am nächsten Nachmittag fuhr ich meine gewohnte Strecke. Als ich bei der Müllkippe vorbeikam, beschloss ich spontan und ohne nachzudenken, den Inhalt der beiden Tonnen am Rand der Schuttkuhle hinunter zu schütten. So ersparte ich mir die Plackerei im Krankenhausabstellraum. Außerdem vermischte sich dies Bisschen mit dem Hausmüll. Kein Mensch hätte es gemerkt."

Er hatte die Rechnung ohne Friedel gemacht.

Da das ganze Vorkommnis solche unvorhergesehenen Wellen in der Stadt geschlagen hatte, konnte Kahles Wilhelm nach der Missetat nicht mehr ruhig schlafen. Es fraß ihn förmlich innerlich auf. Nur noch mit viel Alkohol konnte er sein schlechtes Gewissen betrügen. Und dann ging nichts mehr und es blieb nur die Anstaltseinweisung.

Nach diesem Geständnis war er erleichtert und auch die gesamte Nachbarschaft.

Keine Kindestötung, keine Täterin aus der Nachbarschaft, auch keine Flüchtlinge, einfach nur ein Versehen.

2.

In flagranti

Anfang der 50er-Jahre stieg die Lebensfreude. Mit der Wirtschaft ging es bergauf und einhergehend die Zuversicht der Bürger. Als Wohlstand konnte man es gewiss nicht bezeichnen, unter Berücksichtigung einer angebrachten Bescheidenheit blickten die Leute aber positiv in die Zukunft.

Die Innenstädter trafen sich wieder, feierten gemeinsam, kamen zum Skat zusammen oder klönten miteinander.

Am schönsten und dazu noch preiswert, ließ es sich in den eigenen vier Wänden feiern. Unverhofft standen oftmals weitere Besucher vor der Tür. Darauf war der Gastgeber nicht vorbereitet. Es fehlte an Vorräten.

Dann kam Tante Sophie ins Spiel.

Sie bewohnte ein altes, kleines Haus am kleinen Berg, gegenüber dem modernen Kino der Stadt.

Tante Sophie wurde die alte Dame von den Erwachsenen, aber auch den Kindern genannt. An ihrer Haustür konnte man Tag und Nacht klingeln. Sie kannte alle ihre Kunden mit Namen. Bei ihr konnte man vieles kaufen, dass der Kunde zu unmöglichen Zeiten überraschend gerade dringend benötigte, Bier, Schnaps, Zigaretten und vieles mehr.

Als äußerst wichtig betrachteten die kleinen Laufburschen, nämlich die Kinder, das süße Mitbringsel.

Der Ablauf wiederholte sich:

Mit Taschenlampe und Leinenbeutel losgejagt, Haustürklingel bei Tante Sophie betätigt, sie öffnete, hinein auf den Flur, wo ein großer Küchenschrank mit vielen Türen stand.

Darin bewahrte sie die „Schätze" auf.

„Na Kleiner, was sollst du denn holen?"

Und dann erzählte man hastig das Aufgetragene. Den Abschluss bildete die Wundertüte mit Puffreis und ein Plastikspielzeug für 10 Pfennig.

Und dann nichts wie nach Hause.

Zu Tante Sophie gingen aber auch Männer, um ihren „Schluck" zu kaufen, und um einen Schlüssel zu bitten.

Nicht weit weg von ihrem Haus, an dem Verbindungsweg unterhalb des Berges, beackerte sie ein großes Gartengelände mit einer komfortablen Gartenlaube. Nach getaner Arbeit konnte man sich im Schatten ausruhen, mit Bekannten lustig feiern oder sich auch mit einer holden Weiblichkeit zu einem heimlichen Schäferstündchen treffen.

Tante Sophie interessierte es nicht, welche Frau dort fremdging, sie legte nur Wert darauf, dass der Mann die Utensilien für das Amüsement bei ihr kaufte: Getränke, Rauchwaren, Knabbersachen und Kondome.

Bulli hatte den Ruf des Schürzenjägers in der Kernstadt, ein 25-jähriger, großgewachsener, blendend aussehender Jüngling aus gutem Hause.

Die Eltern führten an der Ausfallstraße ein kleines Unternehmen. Es brachte offensichtlich so viel Geld ein, dass die schäbige Fachwerkfassade ihres Hauses in einer Nebenstraße neu verklinkert werden konnte. Im Haus selbst baute man in Form von Nachbarschaftshilfe ebenfalls um, so dass Bulli eine Zweizimmerwohnung mit separatem Hauseingang bekam.

Bulli galt beruflich nicht unbedingt als der Fleißigste und ließ sich seinen Lebensunterhalt von den Eltern finanzieren, gelegentlich verdingte er sich als Tankwart. Ansonsten lagen seine Schwerpunkte beim Motorradfahren, nächtelangem Feiern mit Freunden und vielen Techtelmechteln mit jungen, aber auch reiferen Frauen aus der Nachbarschaft.

Und diese Frauen flogen förmlich auf Bulli. Wer noch nichts mit ihm hatte, war ein Mauerblümchen.

Die männlichen Bewohner betrachteten ihn als Taugenichts, den man einen Sack über den Kopf stülpen und dann draufhauen müsste. Aber insgeheim bewunderten sie diesen Casanova doch. Diese leichte, unbeschwerte Lebensweise, immer gut gelaunt, immer ein Lächeln, immer zu Scherzen bereit.

Eines Tages überraschte Bulli mit der Ankündigung, zu heiraten.

Wie man allgemein hörte, waren seine Eltern davon nicht so erbaut. Die Partie entsprach nicht deren Vorstellungen von einer Schwiegertochter.

Das Rennen um Bulli machte Rita, ausgerechnet Rita, deren Mutter nicht den besten Lebenswandel geführt hatte.

Die Innenstädter schmissen die „Neubürger“ in Schubladen, Rita kam in die Schublade „Flüchtling“, also nicht standesgemäß.

In den Kriegswirren verschlug es Rita mit ihrer Mutter und ihrer Großmutter aus Ostpreußen in den Westen. Sie fanden in einer Flüchtlingsunterkunft jenseits der Bahnlinie, die Einheimischen nannten es „Langen Jammer“, ein vorläufiges Zuhause.

Ritas Vater fiel an der Ostfront.

Ihre Mutter ließ sich für ein Jahr mit einem Besatzungssoldaten ein. Sie bezeichnete die Verbindung als ihre große Liebe. Es machte ihr auch nichts aus, dass sie von den Einheimischen dafür mit vernichtenden Wörtern bedacht wurde und verächtliche, strafende Blicke erntete.

Dann versetzte man den Soldaten aber wieder in seine Heimat und er ließ Ritas Mutter ohne Hoffnungen zurück.

Sie grämte sich so sehr darüber, dass sie in der kleinen Küche ihren Kopf in den Gasofen steckte und sich das Leben nahm.

Rita wuchs nun bei ihrer Großmutter auf. Nach dem Volksschulbesuch begann sie mit 14 Jahren eine Lehre als Friseurin.

Rita arbeitete fleißig, packte die Ausbildung mit Bravour und hatte bald etliche Stammkunden. Dies führte dazu, dass der bekannte Innenstadtsalon sie nach der Lehre sofort übernahm.

Und nun, mit 20 Jahren, die Heirat mit Bulli, um den alle Frauen in der Stadt gekämpft hatten. Sie war die Auserwählte. Sie konnte es kaum fassen. Was wurde sie vermutlich von vielen beneidet. Sie hätte die ganze Welt umarmen können. Sie schwebte auf Wolke sieben. Was hatte sie nach den vielen Schicksalsschlägen nun für ein Glück.

Sie lernte Bulli an einem Sommernachmittag im Freibad am Fluss kennen, diese imposante, muskulöse Gestalt mit der kleinen Dreiecksbadehose.

Sie konnte nicht die Augen von ihm lassen und umgekehrt ging es Bulli auch so. Liebe auf den ersten Blick. Alle Warnungen über sein unstetes Leben störten sie nicht. Und schon nach kurzer Zeit der Heiratsantrag.

Rita nahm die Vermählung als ein rauschendes Fest wahr. Ihre Schwiegereltern ließen sich das Ereignis etwas kosten.

Rita zog in Bullis kleine Wohnung. Trotz anfänglicher Skepsis überzeugte Rita ihre Schwiegereltern durch ihren Fleiß und durch ihre liebenswürdige Art. Sie hatten in kürzester Zeit ein ausgezeichnetes Verhältnis zueinander.

Bereits nach einem halben Jahr holte die Vergangenheit den Schwerenöter wieder ein. Nicht, dass Rita ihm überdrüssig war, aber er liebte die Abwechslung. Seine Frau ahnte die Eskapaden ihres Mannes und es machte sie sehr traurig.

Konnte das Leben doch so schön sein. Beim Thema Familienplanung winkte er ständig ab: „Dafür sind wir zu jung. Wir wollen erst einmal das Leben in vollen Zügen genießen."

Allerdings erwies sich das Genießen als eine recht einseitige Angelegenheit. Bulli schlawinerte um die Häuser schöner Mädchen und Rita kümmerte sich nach der Arbeit im Friseursalon um den Haushalt.

Da versprach ein Kinobesuch mal eine Abwechslung.

Rita bekam nach einer Dauerwelle von Bettina, der Tochter einer Kinoplatzanweiserin, für die Freitagabendvorstellung eine Freikarte geschenkt.

Sie galt für einen Film, von dem sie schon viel von den Kunden gehört hatte und den sie sehr gerne sehen wollte. Er hieß „08/15" mit Hans-Joachim Fuchsberger und Mario Adorf.

Bulli lehnte eine Begleitung ab. Er feierte seinen sogenannten Lohntütenball. Freitags bekam er in einer Lohntüte seinen Wochenlohn. Diesen Tag hielt er für sich frei, um mit Kumpeln in einer alten Gaststätte in der kleinen Innenstadtstraße zu saufen.

Rita ließ sich aber den Abend nicht vermiesen und ging allein ins Kino.

Es überwältigte sie, als sie von der Platzanweiserin in die mit Teakholz verkleidete Loge geleitet wurde. So ein edler Platz und ein Glas Sekt gab es auch noch.

Sie fühlte sich wie eine Königin. Das konnte nur ein wunderschöner Abend werden. Sie genoss es, bis...

Ja, bis sie einem Gespräch aus der Loge vor ihr lauschte.

„Bulli ist heute Abend mit ‚Bett-Tina' in Tante Sophies Gartenlaube verabredet. Seine Frau haben sie mit einer Freikarte ins Kino geschickt."

Dann hörte Rita das aufreizende Kichern von zwei aufgedrehten Mädchen.

So dreist und hinterhältig konnte Bulli doch nicht sein, dachte Rita. Der Film ging rauschend an ihr vorbei. Sie nahm nichts um sich herum wahr, dachte nur noch an diese Gemeinheit.

In der Pause verließ sie das Kino, ging in Richtung der gegenüberliegenden Gärten.

In der Dunkelheit der Innenstadt konnte sie die Hand vor Augen nicht sehen. Es hatte sich bewährt, eine kleine Taschenlampe dabei zu haben. Rita hatte ihre in dem eingehakten Handtäschchen. Sie funzelte den Garteneingang an, öffnete die angelehnte Tür und ging den mit Petersilie eingefassten langen Weg zum Gartenhaus. Innen nahm sie durch das seitliche Fenster Kerzenflackern wahr. Es musste also jemand darin sein.

Sie machte die Taschenlampe aus und öffnete vorsichtig die Eingangstür.

Auf der aufgeklappten Bettcouch lagen rücklings, breitbeinig, splitterfasernackt Bulli und Bettina. Diese erkannte zuerst Rita und erschrak zu Tode.

„Du Miststück, du Hure, raffiniertes Biest, dir zeige ich es."

Rita fuchtelte mit beiden Armen und schlug auf Bettina ein. Stoßen, Kratzen, Treten, alles bekam Bettina zu spüren.

„Schlampen-Bett-Tina", rief sie der darauf Flüchtenden hinterher.

Da Bettina schon mit vielen Männer ins Bett gestiegen war, nannte man sie in gewissen Situationen ihrem Vornamen missbrauchend „Bett-Tina".

Diese rannte nun, so wie Gott sie schuf, davon. Sie wohnte zwar nicht weit weg, aber wie sie dies geschafft hatte, ohne jemandem zu begegnen, blieb ihr Geheimnis.

Bulli bekam von diesem alles nichts mit. Auf dem Gartentisch lag eine leere Flasche Weinbrand. Offensichtlich hatte Bulli sie geleert und war sternhagel-voll. Lediglich einige brummende oder schnarchende Geräusche vernahm man von ihm.

Bulli hatte eine Angewohnheit, die er auch Zuhause täglich durchführte. Rita betitelte es als Marotte. Wenn er sich auszog, legte er den Inhalt seiner Hosentaschen sorgfältig aufgereiht auf den Tisch. Auch auf dem Gartentisch lagen Portemonnaie, Schlüsselbund, Zigarettenschachtel mit Feuerzeug, ein Stofftaschentuch und sein Schweizer Offiziersmesser.

Wie eine Furie ergriff Rita im Zorn das Taschenmesser, klappte das Messer mit der großen Schneide auf und setzte das Unüberlegte, die unmögliche Tat, um.

Mit der linken Hand ergriff sie sein bestes Stück, zog an ihm und mit der rechten Hand führte sie einen kräftigen Schnitt mit dem scharfen Messer in Höhe des Penisschaftes aus.

Sein Glied war bis auf wenige Millimeter durchtrennt.

Ein Wahnsinnsschmerz erfasste Bulli. Trotz der erheblichen Alkoholmenge erwachte er sofort, schrie erbärmlich und wand sich auf der Couch.

Rita begriff, was sie angestellt hatte. Blutüberströmt lag wimmernd ihr Bulli da. Panik brach bei ihr aus. Das wollte sie nicht. Sie wollte ihn bestrafen, aber nicht umbringen.

Sie konnte Bulli, der sich vor Schmerzen krümmte, nicht helfen.

Rita rannte davon. Nicht, dass sie Bulli dort seinem Schicksal überlassen wollte, nein, sie rannte zur 300 Meter entfernten Rote-Kreuz-Wache, wo auch Krankenwagen einsatzbereit standen.

Sie klopfte dort Sturm und schickte die anwesenden Rettungssanitäter zum Gartenhaus.

Auf der Stufe am Eingang des DRK-Gebäudes blieb sie anschließend sitzen, den Kopf gesenkt zwischen den aufgestützten Händen und weinte bitterlich.

Wie lange sie dort saß, konnte sie nicht abschätzen.

Danach hatte sie nur ein Ziel, das naheliegende Krankenhaus.

Dort musste man Bulli ja wohl hinfahren.

Und tatsächlich, Bulli wurde dort notoperiert.

Am nächsten Tag redete die ganze Stadt von dem Eklat. Es wussten einfach zu viele davon, so dass es nicht zu verheimlichen war.

Allerdings entsprach die getratschte Version nicht dem tatsächlichen Geschehnis.

Bulli soll, wie so oft, fremdgegangen sein. Im Suff habe er dann seinen Schöpfer nicht mehr gekannt und hat sich in Ekstase selbst sein bestes Stück durchschnitten. So der Klatsch der Einheimischen.

Die Wahrheit blieb das Geheimnis von Bulli und Rita.

Eine strafrechtliche Verfolgung der schweren Körperverletzung gab es übrigens nicht.

Erstaunlicherweise schmiedete die Tat beide noch enger zusammen. Die Ehe hielt ein Leben lang. Sie blieb jedoch kinderlos.

3.

Vertriebener - Getriebener - Abgetriebener

Heinrich Klimke ließ sich mit seiner Frau nach dem Krieg vertreiben, vertreiben aus seiner bescheidenen Welt, in die er nach seiner Vorstellung eigentlich hingehörte. Die beiden flüchteten aus einem Gebiet des heutigen Polens.

Bereits die Eltern des Paares lebten und arbeiteten viele Jahrzehnte auf einem Gut und beschäftigten sich ausschließlich mit der Landwirtschaft. Es entsprach den Gutsgepflogenheiten, dass die dort Hineingeborenen von klein auf bei der schweren Arbeit auf dem Hof halfen und selbstverständlich als Erwachsene dort ihrer Anstellung entsprechend dienten.

Niemand stellte die Unterordnung infrage, man redete vom Herren Gutsbesitzer, den Herrschaften und der angesehenen Familie. Sie verfügten über ihr Personal rund um die Uhr, dafür boten sie ihnen Lebenshalt, Unterkunft und freie Kost. Die Gegenleistung war lebenslange Treue und uneingeschränkte Arbeitskraft.

Das Aufwachsen in dieser Konstellation ging zum Nachteil der Bildung. Heinrich Klimke besuchte zwar gelegentlich die Dorfschule, aber mit Rücksicht auf die saisonalen Arbeiten auf dem Gut, stellte die Schule ihn regelmäßig frei. Der Dorflehrer hatte Verständnis für die Belange des Gutsherrn, der schließlich mit seinen Erzeugnissen die Bevölkerung versorgen musste.

Heinrich war daher ein schlechter Leser und Schreiber. Er kam allerdings selten in die Situation, dieses Können anwenden zu müssen. Ihm wurde vieles in dieser Hinsicht abgenommen. Seine Tätigkeiten hatte man ihm von Kindheit an beigebracht und bedurfte keiner weiteren Erläuterungen.

Und nun Vertreibung, herausgerissen aus dem wiederkehrenden, täglichen Rhythmus.

Wie obligatorisch und altvertraut in Heinrichs bisherigen Leben, schloss er sich lediglich allen anderen an. Und alle anderen zogen in einem großen Tross, mit wenigem Hab und Gut, in Richtung Westen. Ihnen folgte er mit seiner Frau. Wenn es alle machten, musste es schon richtig sein. Und die für ihn bisher denkenden Herrschaften flüchteten unter Zurücklassung all ihres Besitzes ebenfalls. Ihnen musste der Abschied noch viel schwerer gefallen sein. Ohne Vorauszudenken, ohne Perspektive, aber auch ohne Gefühle schwamm er mit der Masse gen Westen.

Weil andere bekannte Gesichter aus der Heimat in der Kleinstadt Notunterkünfte in Baracken bezogen, blieb er mit seiner Frau auch hier.

In dem Kaff war vieles heruntergekommen. Fleißige Hände wurden überall benötigt. Anpacken und Arbeiten konnte Heinrich.

Und wenn er mit dem Fahrrad durch die Innenstadt fuhr, gefielen ihm die alten Ackerbürgerhäuser. Sie erinnerten ihn an die Gewerke in seiner Heimat, nach der er sich so sehr zurücksehnte.

Gern hätte er in den windschiefen Fachwerkgebilden im hinteren Bereich nahe den Ställen mit seiner Frau zur Miete in einem Zimmer gewohnt und den Eigentümern, den hiesigen Herrschaften, bei der Viehversorgung geholfen.

Aber die Bauern im Nebenerwerb hatten zu wenig Vieh, dass auch für sie noch der Lebensunterhalt dabei heraussprang.

Aber Heinrich Klimke fand Arbeit bei der Stadtverwaltung. Als Arbeiter wurde er auf dem städtischen Bauhof eingestellt.

Der Schachtmeister und sein Vertreter waren Alteingesessene. Die Arbeitertruppe ergab eine bunte Schar von Flüchtlingen und Zugereisten.

Oberste Priorität in der Stadt hatte nun die vernünftige Unterbringung der vielen Neubürger. In der alten Innenstadt bestanden dafür wenig Möglichkeiten. Ihre Belegung erfolgte fast ausschließlich durch Einheimische.

An der Peripherie musste schnellstens gebaut werden. Der Wohnungsbau boomte. Zwangsläufig wurden Neubauten aus dem Boden gestampft. An der Goethestraße mit ihren Nebenstraßen entstanden Mehrfamilienhäuser.

Die städtischen Gremien stimmten zu, Investoren boten sich an und die Einheimischen glaubten sich von den Fremden wohnlich abgrenzen zu können.

Nach ihrer „Schubladeneinteilung“ gab es nun in ihrem Umfeld Dörfler aus der Umgebung, Zugereiste und Flüchtlinge, und man wohnte in der heimischen Innenstadt und außerhalb der Baracken und Neubauten.

Auch das Ehepaar Klimke mietete in einem Neubau eine schmucke Wohnung. Wenn man jetzt allerdings meinte, dass in Heinrichs Tagesablauf Zufriedenheit einkehrte, irrte man sich. Er fühlte sich unwohl in der neuen Wohnung.

Heinrich besaß nur Arbeitszeug, eine grobe Manchesterhose, eine blaue sogenannte Maurerjacke, darunter viel warmes Unterzeug und klobige halbhohe derbe Schnürschuhe. Und diese gesamte Kleidung war verwaschen, geflickt und oft dreckig.

Mit seinen lehmbehafteten Schuhen ein sauberes Neubautreppenhaus zu betreten, war schon eine Zumutung, geschweige denn, damit in die Wohnung zu gehen.

Heinrich kannte es nicht, nach getaner Arbeit die Kleidung abzulegen, vielleicht, bei Erfordernis, zu waschen und dann Freizeitkleidung zu tragen. Sein Leben bestand aus Arbeit und damit verbunden der entsprechenden Kleidung.

Auch viele andere Dinge behagten Heinrich gar nicht, erschienen ihm fremd und ungewohnt.

Die größten Probleme bestanden aber mit seinen Mitmenschen, der Umgang mit ihnen, die Kommunikation, das Zusammenleben, die Freizeit. Alles Verhaltensweisen, die er vorher nie benötigte und die er auch nie vermisst hatte.

Auch das Mitdenken gefiel ihm gar nicht. Die Herrschaft sagte, welche Tätigkeiten anfielen und Heinrich führte aus. So tat es ihm gut.

Zum Frühstück saß man auf dem Bauhof in einem ofenbeheizten Holzschuppen mit den anderen Arbeitern zusammen und verzehrte sein Brot und trank Muckefuck-Kaffee aus der Thermoskanne.

Dass dabei über Gott und die Welt geredet wurde, passte Heinrich überhaupt nicht, konnte er sich doch nicht beteiligen. Er hatte keine eigene Meinung. Die Fremdheit der Themen behagte ihm nicht. Er hatte sich nie darüber einen Kopf gemacht, das nahmen ihm andere ab.

Heinrichs Beteiligung an den Frühstücks- und Mittagsrunden bestand aus Nicken und Weggucken. Dies merkten natürlich seine Kollegen, so dass er nach und nach ein Ausgegrenzter wurde.

Ging es wieder an die körperliche Arbeit mit Spaten und Schaufel, blühte er auf. Er brauchte nichts sagen, nur ackern.

So merkwürdig sein Verhalten erschien, desto mehr schätzten ihn die anderen Arbeiter und seine Chefs als privaten Gehilfen.

Standen nach der Arbeitszeit, am Wochenende oder an Feiertagen bei den Innenstädtern Arbeiten an, war er eine gern gesehene Kraft. Da Heinrich damit ein paar Mark hinzuverdienen konnte, schuftete er auch fleißig mit.

Finanziell ging es dem Ehepaar Klimke noch nie so gut. Beide leisteten sich das eine oder andere Möbelstück, wobei „beide" nicht die richtige Wortwahl ist. Frau Klimke war die treibende Kraft.

Durch seine Plackerei hatten beide das Gefühl, dass ihre gesellschaftliche Anerkennung in der Stadt stieg. Natürlich gehörten sie nicht zu den einheimischen Herrschaften, die wollten sie auch nicht sein.

Heinrich hatte eine gesicherte Stellung bei der Stadtverwaltung, erhielt Lob für seine gute Arbeit und es blieb so viel Geld übrig, dass man sich etwas leisten konnte.

Frau Klimke, die außer einigen privaten Putzstellen, nicht berufstätig war, genoss den Umgang mit den neuen Nachbarn, auch die Gespräche mit den Wohlsituierten, bei denen sie putzte. Sie kannte es früher nicht, dass man sich mit dem „Gesinde" unterhielt.

Heinrich dagegen wurde immer unglücklicher, zog sich noch mehr zurück, nahm an nichts Anteil.

Eigentlich beneidete er seine Frau und würde dies auch gerne so bewältigen können, wie sie.

So unternahm er auch einige Versuche.

Nach einem harten, langen Arbeitstag kam es vor, dass einige Arbeiter im Bauhofschuppen noch verweilten und einige Biere tranken. Heinrich blieb dann auch einfach noch mal da. Er hörte zu, wie man über die begüterten Bürger der Innenstadt redete.

Ihm war jedoch Alkohol und deren Wirkung gänzlich unbekannt und die ersten Biere schmeckten nicht, machten nur schnell tüddelig im Kopf.

Offensichtlich enthemmten die Biere Heinrich. Die Wunschvorstellung, sich an einer Unterhaltung zu beteiligten, gefiel ihm. Der ungeübte Redner nahm einige Anläufe, aber es kamen nur Laute heraus, die einem Stottern gleichkamen. Ihm fielen einfach die Wörter nicht ein. Es dauerte einfach alles zu lange, bis er sie sortiert hatte.

Dies hörte sich komisch an und belustigte die anderen.

Dies versetzte Heinrich wiederum in Wut und Ärger. Trotz seiner beschränkten Intelligenz merkte er, dass man ihn wegen seiner Dummheit auslachte.

Trank Heinrich dann weitere Biere, hatte dies zur Folge, dass ein neuer Charakterzug von ihm zum Vorschein kam: Aggressivität und Gewalt.

Heinrich rebellierte gegen sein Umfeld. Jedoch wehrte er sich nicht mit Worten, sondern mit Kraft, Faustschlägen oder setzte harte Gegenstände ein.

Das bekamen die Arbeiter zu spüren, aber auch zu Hause seine Frau.

Die Meinung über Heinrich wandelte sich. Als grobschlächtig, unberechenbar und unbeherrscht wurde er nun beschrieben. Er kam mit dem Gesetz in Konflikt. Nach der zweiten Verurteilung wegen Körperverletzung mahnte ihn sein Arbeitgeber ab. Der Gescholtene stellte jetzt angeblich eine Gefahr für die Ackerbürgerstadt dar.

Heinrich lief zwar nur in seinem gewohnten Arbeitszeug herum, aber für Außenstehende erweckte er den Eindruck, dass seine Ungepflegtheit zunahm und hingegen sein Geisteszustand nachließ.

Realisierte er für sich anfangs Alkohol als etwas Fremdes, wurde dieser schnell sein ständiger Begleiter. Im sturzbetrunkenen Zustand schlug er um sich. Ein Teufelskreis.

Heinrich geriet durch die Flucht in eine unbekannte Welt, die er nicht verstand. Warum sagte nicht ein Höherstehender, was er machen solle? Warum ließ man ihn nicht zufrieden? Warum wurde er bedrängt, ein neues Leben zu leben? Er strebte gar nicht nach einer neuen Wohnung, nach Anschaffungen, nach dem vielen Geld.

Die unendlich vielen Eindrücke überforderten ihn. Er sehnte sich nach seiner Jugend auf dem Gut im Osten zurück. Die Herrschaft regelte alles, bestimmte sein Leben und er leiste seinen Beitrag durch seine Arbeit.

Im Rausch von Alkohol und Sentimentalität ging er in Richtung Fluss und sprang hinein.

Vierzehn Tage wurde er vermisst, dann fand man ihn als Wasserleiche an einem zehn Kilometer entfernten Wehr.

4.

Wir können hier nicht mehr leben

Der heutige Name einer kleinen Zufahrt von der Parallelstraße zum Fluss zeugt davon, dass schon vor langer Zeit an dieser Stelle Bier vertrieben wurde.

Die dortige Gaststätte erlebte Höhen und Tiefen und wechselte häufig die Wirtsleute.

Die Honoratioren der Stadt waren bedacht, dieses traditionelle Haus zu erhalten.

In der Nachkriegszeit übernahm eine Familie den Betrieb, die in der Großstadt ausgebombt worden war. Die Hiesigen klassifizierten sie als Zugereiste.

Die Verwaltung war aber froh, überhaupt Nachfolger für das städtische Mietobjekt gefunden zu haben, obwohl die Bürger ein echtes einheimisches Wirtsehepaar lieber gesehen hätten.

Der Wirt erarbeite sich trotz aller Vorbehalte einen guten Ruf, was mit häufigen Besuchen gewürdigt wurde.

Er hatte auch das besondere Geschick, sich mit den Einheimischen zu arrangieren.

Aber nicht nur ihm gelang es, sondern auch seiner Frau und seinem sechsjährigen Sohn. Dieser spielte mit den Kindern der Innenstadt, als wenn er nie woanders aufgewachsen wäre.

Luxuriös besaß die Stadt damals ein altes und ein neues Kino. Gerade das alte Kino neben einem renommierten Restaurant fesselte die jungen Besucher.

Sie freuten sich auf den frühen Sonntagnachmittag. Dann spielte die Kinozeit die erste Geige.

Mit schicker Sonntagskleidung und 50 Pfennig in der Tasche trafen sich die Kinder auf dem Kirchplatz und gingen gemeinsam auf dem schmalen Gehweg der Bundesstraße über die Brücken.

Fuzzys Abenteuer, mit dem gleichnamigen kauzigen alten Fuzzy, beherrschte die Szene. Zwar waren die Western erst ab zwölf Jahren freigegeben, aber das kontrollierte niemand.

Fuzzy und seine Kumpanen vermittelten zwischen Ranchern und Farmern, befreiten zu Unrecht Einsitzende aus dem Gefängnis oder retteten in letzter Sekunde Unschuldige, bevor sie von der aufgebrachten Masse gelyncht wurden.

Besonders belustigte das Publikum die krächzende Stimme des kleinen Bärtigen.

Die Kinder fieberten in den Reihen des Kinos mit. Wenn die Spannung auf dem Siedepunkt war, konnte man eine Nadel fallen hören. Mit offenstehenden Mündern stierten die Jungen und Mädchen auf die Leinwand. Nach überstandener Gefahr, das Böse verloren und das Gute gewonnen hatte, gab es während der Vorstellung einen Aufschrei und ein Gejohle der entfesselten jungen Zuschauer. Man vergötterte diese Helden.

Nach Ende des Films gingen die Kinder mit glasigen Augen auf die Straße. Mit O-Beinen, die Arme zu Henkeln gestellt, um in jeder Sekunde ihren Revolver aus dem Schaft ziehen zu können, gingen sie über die Brücken nach Hause.

So wollten alle sein. Immer dem Recht zum Sieg verhelfen.

Zuhause angekommen, wurden sofort die guten Sonntagsklamotten ausgezogen und die Kinobesucher schlüpften in die Alltagsbekleidung.

Selbstverständlich hatte man sich verabredet.

Fünf Jungen bildeten sich ein, die Helden der Fuzzy-Filme zu sein, darunter der Sohn des Gastwirtes.

Aufgeregt saßen sie im Gras am Fluss und erzählten den Film nach. Ihr Herz schlug dabei höher und die Kinderstimmen überschlugen sich im Wetteifer.

Es sollte nicht nur bei Worten bleiben. Das Nachspielen von Filmszenen reizte viel mehr. Dafür hatten sie Holzgewehre und -pistolen gebastelt, recht primitiv, aber mit genügend Fantasie waren sie als solche zu erkennen.

Eine Schlüsselszene hatte es ihnen besonders angetan.

Ein angeblicher Pferdedieb wurde vom Sheriff verhaftet und in die Zelle gesperrt. Die Gerichtsverhandlung sollte in nächster Zeit stattfinden, wenn der Friedensrichter mal wieder in der Stadt das Recht sprach. Die Bewohner der

Westernstadt gingen aber auf die Barrikaden und forderten vor dem Büro des Sheriffs die Herausgabe des Diebes. Der Sheriff hielt tapfer dagegen und sprach mit der aufgebrachten Menge.

Zwischenzeitlich schlichen sich von der rückwärtigen Seite des Knastes zwei Cowboys heran. Ein langes Seil wurde an dem Fenstergitter und einem Pferd angebunden und mit einem Ruck rissen sie das Gitter der Zelle heraus.

Nun beförderten sie den angeblichen Übeltäter ans Tageslicht.

Sie setzten ihn auf ein Pferd und ritten zu einem vorbereiteten Galgen. Das Pferd sollte unter dem Galgen stehen, dem Dieb wurde die Schlaufe eines Seiles um den Hals gelegt und mit einem Klaps auf den Pferdehintern sollte der Gaul anreiten.

Aber nicht mit Fuzzy. Er beobachtete aus der sicheren Deckung mit seinen Freunden die Geschehnisse. Auch ermittelte er den wirklichen Pferdedieb, nämlich den Anführer der Befreier.

Gerade als das Pferd angaloppieren wollte, durchtrennte Fuzzy aus weiter Entfernung mit einem Schuss aus seinem Supergewehr das Seil und der vermeintliche Dieb fiel zu Boden.

In diesem Moment fing im Kino das Jubeln und ein euphorisches Kreischen an.

Ein toller Moment.

Der Sohn des Tischlermeister hatte die Idee, das Pony seiner Schwester aus dem Stall an den Flusswiesen zu holen.

Das wäre realistisch.

Gesagt, getan. Das gutmütige, alte Pony machte sowieso alles mit. Als Belohnung schoben sie dem Tier eine schrumpelige Möhre ins Maul.

Weil Cowboys immer einen Hut aufhaben, aber keiner eine Westernbedeckung besaß, nahmen sie ihre gebrauchten Stofftaschentücher, die die großen Brüder von der Nachbarschaft zur Konfirmation bekommen hatten. An allen vier Zipfeln wurde ein Knoten gebunden und das Gebilde auf den Kopf gesetzt. Sah toll aus.

Stolz wurde der Gastwirtssohn auf das Pony gesetzt und die übrigen liefen als Begleitung nebenher. Während des Ausritts wurden jeweils Spielszenen nachgestellt.

Sie fühlten sich in den Film, in die Wirklichkeit versetzt. Es machte riesig Spaß.

Langeweile und Trägheit machte sich nur bei dem Pony breit. Es musste schon mit Nachdruck an dem Strick am Zaumzeug kräftig mitgezogen werden.

Dramatik und Tatendrang würden eine weitere Steigerung erfahren, wenn sie nicht nur auf den weiten Wiesen herumtollen würden, sondern in einer echten Westernstadt sich auslassen könnten.

Die Nebenstraße mit der Gaststätte bildete dafür eine perfekte Kulisse.

Sonntags im Kaff, das hieß, fast null Fahrzeugverkehr. Menschen hielten sich an diesem

Tag in der Regel sowieso zu Hause auf. Eine menschenleere Geisterstadt!

Im Western spielen sich die entscheidenden Szenen vor dem Büro des Sheriffs oder vor dem Saloon ab.

Die alte Gaststätte nahe dem Fluss spiegelte für die Kinder eine ausgedachte Saloon-Atmosphäre ideal wieder.

Sein Zuhause als Spielstätte machte den kleinen Reiter noch kühner.

Die bekannten Westernschwingtüren gab es zwar nicht, aber rechts und links am Eingang hatten die Brauer aufklappbare Metallplatten einbauen lassen, die vom Bierlieferanten für das Herunterrollen der Bierfässer in die Kellerräume genutzt wurden.

Eine Luke klappten sie auf und zwei Kinder fanden im Inneren ein fantastisches Versteck.

Das Pony mit dem Sohn des Gastwirtes postierten sie neben dem Eingang unterhalb eines uralten Zunftschildes, das Generationen vorher dort befestigt hatten. Auf dem Schild sah man gekreuzte Werkzeuge zum Maischerühren.

Ein Junge schnürte vom Zaumzeug das gedrehte Jute-Seil ab, warf es wie ein Lasso über das stabile Innungsschild, machte am Ende einen sogenannten Henkersknoten und legte die Schlinge dem Gastwirtssohn um den Hals.

Der ließ das geduldig über sich ergehen.

Das Szenario sah nun den gezielten Schuss von Fuzzy aus der Luke für die Bierfässer vor.

Stattdessen kam tatsächlich ein Knall. Eine Abdeckplatte der Kellerluke lehnte sehr steil am Haus und stürzte geräuschvoll in die Ausgangsposition hinab.

Durch diesen Knall erschrak das Pony und trottete langsam einige Schritte vor, wobei der Junge auf dem Pferd von der Schlinge am Innungsschild festgehalten wurde.

Rücklings vom Pferderücken abgestreift, hing er hilflos in der Luft und versuchte verzweifelt, die Schlinge zu lösen.

Aber er zappelte nur zwei-, dreimal, dann hing er regungslos herunter.

Panisch rannten alle Kinder einfach davon. Erst nach etwa 100 Metern, an der Wassermühle, blieben sie stehen. Sie zitterten am ganzen Körper, weinten Rotz und Wasser und gingen schweigend nach Hause.

Keiner sagte dort etwas von dem Schrecklichen.

Der Vater, der die Gaststätte aufgeschlossen hatte und die Straße auf- und abschaute, erblickte das Unfassbare, seinen Sohn, erhängt vor der Gaststätte. Verzweifelt schrie er um Hilfe und hob seinen Sohn an. Andere halfen dann, den toten Körper auf den Gehweg zu legen.

Wie üblich bei einem schlimmen Ereignis in diesem Kaff wurde der Tod des Gastwirtssohnes zum Stadtgespräch.

Wie konnte das passieren? Haben die Eltern nicht aufgepasst? Wie kommt man auf so eine Idee? Eine Selbsttötung wurde sogar nicht ausgeschlossen.

Viele Fragen, nur vage Vermutungen.

Das traumatisierende Ereignis grub sich in den Köpfen der vier Jungen ein. Sie vertrauten sich ihren Eltern an.

Umfangreiche polizeiliche Ermittlungen konnten dann das Geschehene nachvollziehen, mit großer Erschütterung.

Den Schmerz über den Verlust des geliebten Sohnes konnte das Gastwirtsehepaar nicht ertragen.

Bereits kurze Zeit später zogen die erst neu Zugereisten weit weg. Die Ackerbürgerstadt bot ihnen keinen Rückhalt mehr. „Wir können hier nicht mehr leben."

5.

Das verlorene Vermögen

Mischkes Ella, das Jahrhundertkind. So nannten es zumindest ihre Eltern und die Nachbarn. Ellas Geburt fiel nämlich auf den 31. Dezember 1899, kurz vor Mitternacht. Es war das Wunschkind von Vater und Mutter Mischke, die mit dem Kindersegen nicht mehr gerechnet hatten.

Beide näherten sich ihrem vierten Lebensjahrzehnt und hatten sich mit ihrer Kinderlosigkeit abgefunden. Umso größere Freude herrschte über die kleine Ella.

Verwöhnt und behütet, wuchs sie in der Innenstadt auf dem bäuerlichen Hof ihrer Eltern, den viele Generationen ihrer Familie schon bewirtschaftet hatten, auf. Zu dem Besitz der Familie zählten größere Ländereien, so dass sie als recht begütert angesehen wurden. Nun freuten sie sich, einen Erben für ihr Hab und Gut zu haben.

Ella wuchs zu einer stattlichen und hübschen Frau heran und schon mit 18 Jahren ermutigten ihre Eltern sie, sich nach einem geeigneten Ehemann umzusehen.

Alters- und krankheitsbedingt fiel es den Eltern immer schwerer, den Hof weiterhin vernünftig zu bestellen.

Glück und Vorfreude bescherte ihnen Ella, als sie ihren Ludwig, „Lutschen", Behrens vorstellte. Ludwig wohnte als zweiter Sohn eines Bauern im

Nachbardorf. Landwirtschaft beinhaltete sein Leben. Im Ersten Weltkrieg diente Ludwig für sein Vaterland, wo er bis zuletzt an der Front gekämpft hatte. Er war zwar zehn Jahre älter als Ella, aber das tat der Liebe keinen Abbruch.

Ludwig führte den Hof im Sinne von Mischkes hervorragend weiter.

Nach zwei Jahren stellte sich bei dem Paar Nachwuchs ein und Karl-Heinz erblickte das Licht der Welt.

Ludwig trotzte vor Arbeitseifer und Ella verstand es, das Geld zusammenzuhalten. So lebten sie als eine wohlhabende, angesehene Familie im Städtchen.

Mit 61 Jahren verstarb Ludwig 1950 völlig überraschend und Ella stand nun mit ihrem Sohn allein da.

Die landwirtschaftliche Tätigkeit lag Karl-Heinz nicht sonderlich. Auch hatte er die körperliche Arbeit nicht erfunden. Er genoss es, im Wirtshaus zu sitzen, sich am Bier zu erfreuen und gelegentlich in die große Stadt zu fahren, um dort ein Bordell aufzusuchen. Er „stand“, wie er sagte, auf Polen-Weiber.

Ella störte es, dass er mit seinen 30 Jahren immer noch keine Frau gefunden hatte und er sich nicht um eine einheimische Landwirtstochter bemühte. Immer wenn seine Mutter ihn darauf ansprach, kam seine monotone Antwort: „Warum eine Kuh kaufen, wenn man nur mal Milch trinken will.“

Zwangsläufig erkannten alle in der Stadt Ella als den „Herr“ im Hause an, und sie führte den Hof. Einiges Land verpachtete sie, hin und wieder verkaufte sie auch mal Bauland.

Aufgrund der vielen Neubürger wuchs die Stadt und Wohnraum wurde benötigt. Es war die Stunde der Bauunternehmer. Und Ella besaß das meiste Bauland. Als Verhandlungspartnerin fürchteten sich die Unternehmer vor ihr. Sie verstand es, den höchsten Kaufpreis herauszuholen. So mehrte Ella ihr Barvermögen sehr üppig.

Im Witwenstand trug Ella ausnahmslos schwarze Kleidung. So wirkte sie älter als sie tatsächlich war. Für die Kinder und Jugendlichen sah sie sogar uralt aus. Verstärkt wurde dies durch ihr schwarzes Kopftuch, das sie gefühlt immer trug. Da sie durch ihr arbeitsreiches Leben auch noch sehr gebeugt ging und im Gesicht einige Warzen hatte, konnte man sich nicht erwehren, sie mit typischen Eigenschaften einer Hexe zu vergleichen.

Gerade diese warzenartigen Gebilde im Gesicht und am Hals machten Ella Probleme. Sie wuchsen nämlich kontinuierlich. Als sie eine bedrohliche Größe erreicht hatten und sie beim Anziehen behinderten, entschloss sich Ella, mal im Krankenhaus vorstellig zu werden.

Der behandelnde Arzt bagatellisierte die Wucherungen und schlug eine Entfernung im Rahmen eines routinemäßigen Eingriffs vor. Ella, die mit einer robusten Gesundheit gesegnet war und nie einen Arzt aufsuchte, hatte trotz des ärztlichen Herunterspielens etwas Angst vor der Operation und bestand auf eine Vollnarkose.

Sie bekam einen Termin für die Gewebeentfernung und sollte sich darauf einstellen, ein oder zwei Nächte zur Beobachtung zu bleiben.

Mit einem sehr unguten Gefühl suchte sie zum vorgegebenen Zeitpunkt das Krankenhaus auf.

Das Schrecklichste, was eintreten konnte, passierte. Ella wachte nach der Narkose nicht mehr auf. Irgendetwas war bei dem Routineeingriff schiefgegangen. So richtig erklären konnte es sich keiner.

Nicht nur Karl-Heinz, sondern die ganzen Kernstädter trauerten.

Die Beisetzung glich einem Großereignis. Die Kapelle platzte aufgrund des Besucherandrangs aus allen Nähten und der Trauerzug schien gar unendlich.

Als sich die Trauer gelegt hatte und der Alltag bei Karl-Heinz Einzug hielt, kam, wie so oft im Erbfalle, das Unschöne. Nicht, dass um das Erbe gestritten wurde, nein, das Erbe war nicht aufzufinden, einfach verschwunden.

Aber dies musste man zu jenem Zeitpunkt viel differenzierter betrachten.

Karl-Heinz suchte das Haus nach Barem und Wahrem ab, was heißt, er suchte nach Bargeld,

Sparbüchern, Wertsachen, auch nach Papieren und Schriftverkehr.

Mutter Ella heftete zwar alles ordentlich ab, aber ohne eine perfekte Buchhalterin zu sein. Alles Geschäftliche, wie sie es immer nannte, lag in oder auf einem gewaltig großen massiven Eichenschreibtisch, den schon ihr Urgroßvater für Unterlagen verwandte.

Aber Karl-Heinz fand nur unwichtige Schriftstücke, Rechnungen, belanglose Briefe, nichts von Wert oder was in Werte umgesetzt werden konnte.

Nicht einmal den Ausweis von Ella konnte er aufstöbern. Dies war aber das letzte worüber sich Karl-Heinz Gedanken machte. Schließlich hatte sie den Ausweis nie benötigt, auch hatte sie die Kleinstadt in ihrem gesamten Leben nie verlassen. Beerdigt wurde sie auch ohne Ausweis, denn Ella kannte jeder, so natürlich auch der Standesbeamte und der Bestatter.

Nicht mal einen Pfennig fand der Sohn, ein Unding.

Karl-Heinz hielt mit seiner Suche nicht hinter dem Berg. „Hier ist etwas Unrechtes geschehen“, resümierte er und konsultierte erst einmal den Anwalt der Familie.

Dieser konnte zumindest schon einmal bestätigen, dass Ella einige Grundstücke veräußert hatte, deren Verkauf er notariell begleitete. Auch wusste er einzelne Kaufsummen und das vieles mit Bargeld beglichen wurde. Ella war nämlich von Haus aus misstrauisch, auch gegenüber Banken.

Der Notar vermutete, dass es kein Testament gab, da Ella ihm gegenüber vor einiger Zeit einmal äußerte, dass dies entbehrlich sei, da ihr Sohn sowieso alles bekommen würde.

Karl-Heinz fragte anschließend auch bei der Bank nach. Dort eröffnete Ella lediglich ein Sparbuch, das aber keinen riesigen Betrag aufwies.

Aber selbst das Sparbuch müsste ja irgendwo aufzugabeln sein.

Die restliche, enge Verwandtschaft begrenzte sich auf einige Neffen und Nichten väterlicherseits. Mit ihnen hatte Karl-Heinz seit Jahren keinen engen Kontakt mehr, aber bei der Beerdigung der Mutter schlugen sie alle auf.

Hatten sie schon heimlich sein Elternhaus aufgesucht und dort nach dem Nachlass „gewildert"?

Karl-Heinz ging alles Mögliche und Unmögliche durch den Kopf.

Nach weiterer intensiver Suche im Haus, ärgerte er sich so sehr, dass er die Polizei einschaltete. Schließlich ging es um ein beträchtliches Erbe, das offensichtlich Unbekannte entwendet hatten.

Die Ermittlungen führten nicht zum geringsten Anhaltspunkt. Geld und Dokumente blieben verschwunden. Das Stadtgespräch darüber wollte nicht enden. Misstrauen gegenüber Nachbarn, Verwandten oder Bekannten setzten sich wiederkehrend fort. Mutmaßungen machten die Runde. Ein verlorenes Vermögen, das sein Rätsel nicht preisgab. Von Zeit zu Zeit gab es immer mal wieder Hinweise, die aber ins Nichts führten. Ella, das Jahrhundertkind, vergaßen die Alteingesessenen nach ihrem plötzlichen Tod nicht.

Gern hätten alle das Geheimnis gelüftet. Aber es blieb unaufgeklärt.

Sparbuch, Grundbuchauszüge, Versicherungspolicen, Urkunden, Ausweise, Stammbuch, alles was man an Dokumenten verwahrte und natürlich die großen Bargeldbeträge blieben spurlos verschwunden.

Karl-Heinz verkaufte wohl oder übel Land, um seinen Lebensunterhalt zu bestreiten, wie es seine Art war, unter Wert.

Dass das Bauland ein Bauunternehmer günstig erwarb, den es selbst als Vertriebenen ins Kaff verschlagen hatte und der sehr erfolgreich unzählige Wohnungen vermietete, störte die Einheimischen wiederum. Neid und Missgunst gegenüber diesen „Neureichen" machte sich breit.

Das alte Ackerbürgerhaus, das der Ur-Ur-Großvater von Karl-Heinz bauen ließ, und den Hof wirtschaftete er schon arg herunter, zumindest investierte er nichts in die Immobilien.

Rings um Mischke-Behrens-Hof rissen die Nachbarn ihre verrotteten Kotten, alten

Fachwerkhäuser, Ställe, Schuppen und Speicher teilweise ab und ersetzten sie durch Neubauten.

Direkt neben dem Hofgrundstück verstarb fünf Jahre nach dem Tod von Ella, die alte Frau Schöps. Wie Ella war sie verwitwet, aber wahrlich nicht gut betucht. Sie wohnte in dem uralten Fachwerkbau viele Jahre ganz allein und zurückgezogen. Alle ihre Angehörigen verstarben weit vor ihr. Wunderlichkeiten und Eigenbrötelei nahmen gelegentlich die nächsten Anrainer bei ihr wahr, heute würde man von Demenz sprechen.

Frau Schöps sahen die Mitbewohner einige Tage nicht, was jedoch nicht ungewöhnlich erschien. Als die Spanne aber einen langen Zeitraum überstieg, schaute der Bauunternehmer Hogrefe, dem das Haus gehörte, doch einmal nach dem Rechten und fand seine Mieterin tot im Bett.

Hogrefe hatte schon lange vor, das verkommende Haus abzureißen, nahm aber auf seine langjährige Mieterin Rücksicht.

Nun stand dem Abriss aber nichts mehr im Wege.

Als Selbstständiger verfügte er über angestellte Arbeiter, die den Abriss vornahmen. Sie begannen mit dem spärlichen Inventar der verstorbenen Frau Schöps. Nichts Wertvolles fanden sie vor. Alles konnte vernichtet werden. Aber Arbeiter, die den Krieg und damit verbunden Armut, Hunger und Not kennengelernt hatten, schauten doch vorsichtshalber in Schränke, Schubladen und anderen Behältnissen nach.

So stießen sie auf einen alten, großen Lederkoffer, dessen Mechanismus verschlossen war und um den jemand zusätzlich zwei Ledergurte gezurrt hatte.

So gesichert, versprach es etwas Besonderes im Koffer zu geben, obwohl sie alle wussten, dass bei Frau Schöps nichts zu holen war.

Daher gingen sie auch nicht mit Vorsicht ans Öffnen, sondern rissen grob mit einer Zange die Schlaufen der Gurte auf und hebelten mit einem Schraubendreher das Schloss auf.

Als erste Geldbündel aus dem Koffer herausquollen, fielen ihnen fast die Augen aus dem Kopf. Der gesamte Koffer war prall mit Geldscheinen und Dokumenten gefüllt.

Erwogen die fünf Arbeiter vielleicht ganz kurz eine Unterschlagung der Fundsache, siegte doch das schlechte Gewissen und sie verständigten den Bauunternehmer Hogrefe.

Der sichtete den Inhalt und schüttelte mit einem vorbeihuschenden Lächeln sein altes Haupt. Dann sprach er leise vor sich hin: „Typisch Ella, das Jahrhundertkind!"

Alle wichtigen Dokumente in Ellas Leben und sehr viel Geld befanden sich im Koffer.

Hogrefe war der gleiche Jahrgang wie Ella. Sie wuchsen zusammen auf, gingen gemeinsam zur

Schule, sie kannten sich in- und auswendig. Ellas Tod hatte ihn sehr erschüttert. Auch geschäftlich hatten die beiden noch einiges vor.

Nun tauchte bei der Nachbarin der sogenannte „Notkoffer" von Ella wieder auf.

Die alte, gebräuchliche Sitte der Einheimischen, den handlichen „Notkoffer", in dem man das Notwendigste verstaute, bei Bekannten zu deponieren, nahm Ella vor ihrer Operation wahr.

Zum Beispiel bei Blitzeinschlag, im Feuersfalle oder auch im Krieg bei Bombenalarm hatten die Familien den Koffer schnell zur Hand.

Tatsächlich nahm die Polizei die Ermittlungen wieder auf, die sie vor fünf Jahren vorläufig eingestellt hatten und führten sie zu einem befriedigenden Ende.

Ella verbrachte ihren „Notkoffer" vor ihrer Operation zur vertrauensvollen Nachbarin, um ihn nach dem Eingriff wieder abzuholen. Dazu kam es durch ihren Tod nicht.

Und Frau Schöps hatte ihn, weil sie „komisch wurde", einfach vergessen.

Es musste erst zu ihrem Tod kommen und dem Abriss eines Ackerbürgerhauses, um das Geheimnis von Ellas verlorenem Vermögen zu lüften.

Bauunternehmer Hogrefe ließ es sich nicht nehmen, unmittelbar nach dem Fund, den

Bargeldbetrag zu zählen, und diese gewaltige sechsstellige Summe in der Stadt zu verbreiten.

Karl-Heinz war ab diesem Zeitpunkt die beste Partie der Kernstadt. Er heiratete, allerdings im gesetzten Alter, eine Dame polnischer Herkunft aus einem Etablissement, das er gelegentlich in der Stadt besuchte.

Sie schafften es gemeinsam, Geld, Gut und Hof zu verprassen.

6.
Schwarz und weiß - eine tödliche Kombination

Krusens Willi, von Beruf Torfstecher wie sein Vater im Toten Moor, freute sich, dass er für seine Tochter Brunhilde einen Schwiegersohn wie Rudolf, „Rudi", Böttcher bekam. „Rudi ist nicht von hier, aber tüchtig, verlässlich und pflichtbewusst, ein rechtschaffener, ehrlicher, aufrichtiger Kumpel und das zählt für mich mehr, als ein Hanebüchener aus dem Kaff", pflegte er zu sagen.

Rudi kam aus dem sogenannten Ruhrpott. Dort arbeite er als Bergmann. Schicksalsschläge hatten ihn in den Norden verschlagen, wo er sein Glück in Brunhilde Kruse fand und heimisch wurde. Rudi war ein schmucker Kerl, immer braungebrannt, entweder durch die Sonne oder durch das heiße Feuer bei der Arbeit, manche sagten aber auch, dass er den schwarzen Ruß nicht mehr aus seinen Poren waschen konnte.

Die Kohle lockte ihn wieder an, so fungierte er als Heizer auf Dampflokomotiven, einer überaus anstrengenden Tätigkeit. Die Kohle auf den Rost zu schaufeln verlangte eine gute körperliche Konstitution.

Krusens Willi kam im Kaff zur Welt und hatte von ihr wenig gesehen, im Gegensatz zu Rudi, der das Ruhrgebiet bereist hatte. Durch seinen Beruf durchkreuzte sein Schwiegersohn die ganze Gegend auf Schienen, allerdings auch nur im Umkreis von

100 Kilometern. Das imponierte dem Schwiegervater mächtig.

Rudi begann in der Regel seinen Dienst auf dem Bahnhof seiner Heimatstadt im „fliegenden“ Wechsel, das heißt er stieg auf die Lok und der alte Heizer machte Feierabend.

Da Rudi neben seiner Tätigkeit als Heizer auch noch Kesselwärter und somit auch für den Wasserdruck im Kessel verantwortlich war, begann er seine Arbeit immer schon eine Stunde vor Zugeintreffen, damit er den Wasserkran für die Befüllung vorbereiten konnte.

An einem Freitag gegen Mittag ging er von einer Nebenstraße über die Marktstraße zum Güterbahnhof. Dass er seine Arbeit antrat, erkannte jeder deutlich an seiner kohlrabenschwarzen Kleidung.

Wegen seiner fröhlichen Art und seinem ständigen Liederpfeifen kannten die Kernstädter Rudi, trotz seiner schwarzen Uniform, wie einen bunten Hund. So sprach er hier einige Worte, grüßte dort freundlich hin und winkte über die Straße.

Auf dem Gehweg der Marktstraße kam er an einem Lastkraftwagen vorbei. Der Händler lieferte gerade Mehl, wie unschwer an seiner Müllerkleidung festzustellen war. Sie machten einen Bogen um einander herum, damit man nicht die Farbe des anderen abbekam.

Dass sich ihre Wege noch einmal kreuzen sollten, wussten sie zu diesem Zeitpunkt nicht.

Freitags belieferten Lebensmittelfirmen die Niederlassung des Kolonialwarenladens „Thams und Garfs“, oder wie im Volksmund gesagt wurde „Tammel und Gammel“, in der Marktstraße mit Mehl, Zucker, Salz und so weiter.

Vielerlei Probleme traten dabei auf. Auf der Fahrbahn der Marktstraße, gleichzeitig Bundesstraße, die die beiden Großstädte miteinander verknüpften, blockierten haltende Fahrzeuge den übrigen fließenden Verkehr.

Der Lieferant musste schnell sein, um nicht den Zorn der anderen auf sich zu ziehen. Aus dem Laden bekam er keine Hilfe. Der „brummte“ nämlich vor dem Wochenende.

Der Chef hätte gern mit angepackt, aber er hatte eine andere Aufgabe.

Es gehörte sich nämlich, dass der Chef die Honoratioren der Stadt persönlich bediente, selbstverständlich immer mit Namensanrede und ein Einkauf dauerte seine Zeit.

Man muss sich das nicht wie heute in einem Selbstbedienungsladen vorstellen.

Im Laden gab es einen langen Tresen. Hinter diesem stand das Personal. Dies herrschte über viele Schubladen, Gläser und Fächer, denn die Produkte gab es nur in loser Form. Die Kundschaft stand davor und äußerte ihre Wünsche. Jedes Teil, was gekauft wurde, musste benannt, auf einer Waage gewogen und in Tüten abgepackt werden. Dann schrieb der Verkäufer das Produkt mit Preis auf einen Zettel. So ging es Teil für Teil.

Da der Lieferfahrer die Tour schon viele Jahre fuhr, arrangierte er sich mit jemandem.

Gegenüber verkaufte ein Elektrofachgeschäft seine Waren. Der Besitzer trug ebenfalls einen komischen Namen, nämlich Oberpottkamp. Ein Verkäufer machte dort mittags Feierabend, half beim Entladen des LKW und durfte dafür zu seinem Wohnort in die naheliegende Stadt mitfahren.

So hatte man gemeinsam am frühen Nachmittag die Belieferung bei „Tammel und Gammel" abgeschlossen und setzte sich in Richtung der nächsten Kleinstadt in Bewegung.

Sie befuhren die Marktstraße bzw. Bundesstraße in Richtung Bahnhof. Vor der Schranke in der Nähe des Bahnhofs kreuzten sich die Straßen, allerdings war die Weggabelung leicht versetzt. Zuerst bestand die Möglichkeit, an dem Bekleidungshaus in Richtung Norden abzubiegen und einige Meter weiter an dem Hotel in Richtung Süden. Dies war der Hauptverkehrsknotenpunkt der Stadt und musste bei Bedarf auch von einem Polizeibeamten geregelt werden. Auch heute stand ein Beamter mit weißem Plastikmantel und weißer Mütze dort und regelte sehr professionell die Verkehrsbewegungen.

Der Fahrer des LKW hatte aufgrund der geringen Zeit kein Mittag gemacht und biss unterwegs in eine Scheibe Brot. Nebenbei unterhielten sich die beiden Insassen über Fußball. So zockelten sie ihres Weges. Irgendwann mussten sie bei einem der vielen Bahnübergänge die Schienen überqueren.

Der LKW-Fahrer nahm stets einen Bahnübergang, der nicht so stark befahren wurde und somit nicht mit langen Wartezeiten verbunden war.

Kurz vor dem Bahnübergang sah er, dass die Schrankenbäume geöffnet waren und er beschleunigte sein Fahrzeug noch etwas. Schnell erreichten sie den Überweg, ein schrilles Pfeifen einer Dampflok und…

…zu spät.

Die Lok stieß mit dem LKW seitlich zusammen und zerschmetterte das Gefährt in tausend Fetzen. Im zusammengepressten Führerhaus kauerten eingeklemmt Fahrer und Beifahrer. Aus der Dampflok blickten die Insassen erschüttert auf die zertrümmerte Ladefläche und die ringsherum liegende Ladung.

Die Lok fuhr gerade erst in der Stadt los und beschleunigte langsam. Aufgrund der geringen Geschwindigkeit konnte der Güterzug nach wenigen Metern zum Stehen gebracht werden.

Als der Lokführer und der Heizer Rudi herausstiegen und das Trümmerumfeld sahen, war ihnen klar, dass für die Insassen jede Hilfe zu spät kommen würde.

Rudis Wegstrecke auf der Lok vom Bahnhof der Stadt bis zur Unfallstelle hielt sich in bescheidenen Grenzen.

Nach marginaler Entfernung kreuzten sich nach der mittäglichen Begegnung die Wege des schwarzen Heizers und des weißen Müllers erneut und dies im wahrsten Sinne des Wortes.

Der Schrankenwärter in seinem Häuschen hatte vergessen, die Schlagbäume zu schließen.

Beide LKW-Insassen verunglückten tödlich.

Das Bahnunglück verbreite sich in beiden Kleinstädten wie ein Lauffeuer. Rudis Fröhlichkeit hatte ein Ende.

7.

Der Waldmensch

Christian, „Krischan“, Tomaschefski, 35 Jahre alt, galt im Städtchen als Einzelgänger. Aber nicht nur das, geistig konnte man ihn auch nicht unbedingt als hellen Kopf bezeichnen. Er hatte nie die Gelegenheit erhalten, einen Beruf zu erlernen; somit waren seine finanziellen Mittel ebenfalls sehr begrenzt.

Woher er kam, wusste niemand. Nach dem Krieg meldete er sich beim Einwohnermeldeamt als Vertriebener an. Angehörige hatte er, soweit bekannt, nicht.

Sein Aufenthalt in der Stadt dauerte aber schon einige Jahre an, so dass die Einheimischen ihn vom Ansehen kannten. Bei den Behörden pflegten die Bediensteten aufgrund von Vorkommnissen schon von amtsbekannt zu sprechen.

Heute würde man „Krischan“ als Sozialfall bezeichnen.

Er schlug sich im wahrsten Sinne des Wortes so durch. Eine Zeitlang wohnte er in einem Zimmer im sogenannten Armenhaus am Ende der Parallelstraße des Flusses, ein alter Backstein-Schlichtbau, der sozial Benachteiligten eine Unterkunft bot.

Hier hauste man unter sich, Einzelpersonen aber auch ganze Familien mit zahlreichen Kindern. Allen Bewohnern ging es nicht sonderlich gut, was sie aber nicht so wahrnahmen. Ihnen fehlte es nach ihrer Meinung nicht an wichtigen Dingen wie

Geselligkeit, Vergnügungen, Lustbarkeiten und Alkohol.

Gelegentlich führte das enge Nebeneinanderleben mal zu gereizten Situationen, die tätlich ausgetragen wurden.

Die dortigen Kinder lebten nach ihrem Empfinden in einem abenteuerlichen und ereignisreichen Umfeld, für Außenstehende mag es von Zeit zu Zeit besorgniserregend, gefahrenträchtig, ja bedrohlich gewirkt haben.

Als Kinder vom Armenhaus waren sie bei den Alteingesessenen „gezeichnet“, und ihre eigenen Kinder sollten sich von dort fernhalten. Aber wie es mit abenteuerlichen Dingen so ist, sie zogen an und die Einheimischen empfanden es als eine willkommene Abwechslung, mit den „Schmuddelkindern“ zu spielen.

„Krischan“ half in der Saison mal in der Landwirtschaft aus, war gelegentlich gefragter Hilfsarbeiter bei den Neustädtern und war auch beim Holzmachen im Wald willkommen. Diese Tätigkeiten führte er gut aus, nahm dabei aber keinerlei Kontakte zu den anderen Arbeitern auf.

Nach einiger Zeit zog er in eine neue Bleibe, und zwar in das Stiftsgebäude kurz vor dem Armenhaus, ein alter, heruntergekommener Bau mit einem Glockentürmchen, der um 1750 erbaut wurde.

Einige glaubten, dass es sich um eine kirchliche Einrichtung handelte, weil das Grundstück der

Kirche gehörte, andere gingen von einer städtischen aus, weil die Stadt für die Unterhaltung aufkam.

Jedenfalls redeten alle von einer Einrichtung der christlichen Nächstenliebe. Sie bot insbesondere Nichtsesshaften, sogenannten „Tippelbrüdern", für kurze Zeit Unterkunft.

Eine Bewohnerin setzte die Stadt als eine Art Verantwortliche ein. Ihre Hauptaufgabe sah sie im „Betteln" bei den städtischen Bediensteten nach dem Notwendigsten, vor allem Feuerholz für die Öfen, Putzmittel, aber auch Material für Ausbesserungsarbeiten, und auszubessern, vielmehr zu improvisieren, gab es viel.

Da bot sich häufig auch „Krischan" an. Eigentlich durfte er dort gar nicht wohnen, aber man sagte nichts, weil er sie unterstützte. Sie, die Verantwortliche, bestrafte das Schicksal hart. Im Krieg verlor sie ihren Mann, die Rente war schmal, die von der Stadt gezahlte Aufwandsentschädigung gering und obendrein versorgte sie noch ihre erwachsene, geistig behinderte Enkelin. Und dann hatte sie noch ihr liebes Leid mit den wechselnden Bewohnern.

Allerdings beschrieben die meisten sie als stabile Frau, die energisch, robust und durchsetzungsfähig ihren „Mann stand", daneben arrangierte sie sich mit „Krischan".

Dieser hatte im Stift seine Ruhe und konnte zurückgezogen dahinleben.

Durch viele seiner unüberlegten Handlungen kam er allerdings mit dem Gesetz in Konflikt. Ein Unrechtsbewusstsein hatte er bei seinen Taten jedoch nicht. Er empfand das Vorgehen der staatlichen Gewalt als Willkür.

Ging er einmal zum Schützenfest, torkelten die betrunkenen Honoratioren unbehelligt abends nach Hause. Torkelte er nachts krakeelend nach Hause, wurde er von der Polizei mitgenommen. Den edlen Herren wurde Freibier ausgegeben, ging er ohne zu bezahlen seinen Weg, bekam er eine Anzeige. Forderten die einheimischen Männer Frauen zum Tanz auf, schwoften sie eng umschlungen. Forderte „Krischan" eine Frau auf und umarmte sie, fühlte sie sich von ihm belästigt.

Diese kleinen Verfehlungen führten immer wieder zu justiziellen Verfolgungen und Bestrafungen. Allerdings konnte „Krischan" auch schlecht Mein und Dein auseinanderhalten und wurde wegen fortgesetzten Diebstahls bestraft.

Die Häufigkeit und die Höhe der Verurteilungen stiegen an, so dass zwei Gerichtstermine für „Krischan" mit Gefängnisstrafen endeten.

Die letzte Strafe verbüßte er nach etlichen zusammengezogenen Straftaten als Zuchthäusler im Strafgefangenen-Außenlager im Moor. Auch diese 50 Quadratkilometer große Hochmoorfläche gehörte zu der Kleinstadt. Hier mussten die Gefangenen torfstechen. Für „Krischan" bedeutete dies keine Strafe, arbeiten konnte er, aber die Unterbringung auf engstem Raum mit Dutzenden von Gefangenen in Großbaracken hielt er für seine Höchststrafe.

Schon nach kurzer Zeit fasste er den Entschluss, aus diesem Außenlager auszubüxen. Für die meisten Gefangenen wäre die riesige, unbesiedelte Fläche ohne Motorisierung ein Problem, nicht so für „Krischan“.

Die Flucht eines Zuchthäuslers aus dem Hochmoor verursachte in der Regel eine Großfahndung der Polizei. Dabei wurden die Polizeieinzelposten der umliegenden Dörfer zusammengezogen und mit Suchhunden ging es dann durch das unwegsame Gelände.

Das Auffinden eines Flüchtigen glich aber, die bekannte Nadel im Heuhaufen zu finden.

Wenn ein ganz gefährlicher Gefangener das Weite suchte, alarmierten die Aufseher sogar die Bereitschaftspolizei. Generalstabsmäßig durchkämmten dann Beamte einzelne Wald-, Heide- und Moorbereiche.

Einheimische hörten dann Befehlstöne wie: „Hundertschaft absitzen“, „in Reihe aufstellen“ oder „Polizeikette marsch“.

Nach „Krischan“ wurde lange gesucht. Er hatte in seinem Leben gelernt, allein in der freien Natur zurechtzukommen. Er verspürte dies auf jeden Fall als angenehmer, als mit Menschen Umgang zu haben, mit ihnen sprechen zu müssen, auf sie angewiesen zu sein oder mit ihnen in einem großen Raum einer Baracke schlafen zu müssen.

Nach 14 Tagen erspähte ein Gefängnisaufseher mit seinem Wagen auf dem Weg zur Arbeit auf der einsamen Moorstraße „Krischan“ und griff ihn auf. Ohne Widerstand zu leisten, stieg er bei dem Beamten ins Auto und wurde seiner Strafe wieder zugeführt.

„Krischan“ hatte insgesamt noch etwas über zwei Jahre Zuchthaus abzusitzen. Anschließend entließ die Justiz ihn nach „unbekannt“.

Die Kriminalität in der Kleinstadt hielt sich in Grenzen. Jeder kannte jeden und in diesen Fällen kommt es kaum zu Gesetzesverfehlungen.

Eines Tages häuften sich aber Anzeigen. Mal entwendeten Unbekannte Bekleidungsstücke von der Wäscheleine, dann klauten Diebe Eier aus dem Hühnerstall, ein anderes Mal stibitzten Gauner beim Bauern im Vorratsraum Mettwürste. Auf den Feldern rodeten Gesetzesbrecher illegal Kartoffeln, zogen Rüben heraus oder rissen Maiskolben ab. In den Gärten fehlten Früchte. In den Häusern der städtischen Randlage brachen Übeltäter ein, entwendeten meist Lebensmittel oder etwas Bargeld, wenn es herumlag.

Die Anzahl der Taten beunruhigte die Bevölkerung. Einen Täterhinweis gab es nicht.

Da vor und während des Krieges kaum Straftaten angezeigt wurden, mussten diese Taten nach Meinung der Einheimischen nun mit hoher

Wahrscheinlichkeit von Zugereisten verübt worden sein.

Spielende Kinder erzählten zu Hause, dass sie verschiedene Verschläge im Wald gefunden hätten, primitive Aufbauten aus Ästen und Planen, davor meist Feuerstellen.

Konnten das Hinweise auf die Täter sein? Sollte ein Waldmensch hier sein Unwesen treiben?

Solche Verstecke fanden Spaziergänger in der Nähe des Judenfriedhofs, auf der anderen Seite der Stadt an einem Berg, wiederum an anderer Stelle in der Nähe der Bundesstraße.

Kamen Hinweise auf Verstecke, begann umgehend eine Suchaktion. Der Erbauer der Behausungen blieb aber wie vom Erdboden verschluckt.

Wenn nachts Feuerschein erblickt wurde, gingen einige Einwohner dem nach, hatten aber ebenso wenig Erfolg.

Wie es in so einem Kaff Usus ist, wurden viele Gerüchte verbreitet. Kinder durften abends das Haus nicht mehr verlassen, junge Mädchen ermahnten die Eltern zur Vorsicht. Die Angst ging um. Rund um die Stadt triebe ein Unhold sein Unwesen, wurde gestreut. Von Mal zu Mal wurde der Unsichtbare nach dem Geschwätz auch gefährlicher, ein Berufsverbrecher!

Auch „Krischan“, den niemand nach seiner Haftentlassung mehr gesehen hatte, kam als

Hauptverdächtiger, neben bösen zugereisten Fremden, infrage.

Immer mehr Verstecke fanden aufmerksame Bürger. Lebensmittelreste lagen um diese Gelage und anderer Unrat.

Warum war diese Person so unauffindbar, so unsichtbar? Warum konnte man sie nicht erwischen? Wie konnte sie so überleben?

Alle Ermittlungen, Suchen, gestellten Fallen blieben ohne Ergebnis, nur die Diebstähle hatten Bestand. Auf die Polizei wurde geschimpft, sie könne die öffentliche Sicherheit nicht mehr gewährleisten. Verzweiflung machte sich breit.

Pauschalverurteilungen folgten: „Das ist der Dank, dass man Fremde hier aufnimmt." „Man lebt selbst in Armut und diese Flüchtlinge bereichern sich." „Ehrbare Bürger ersteigern die Äpfel an den Feldwegen stehender Bäume und fahren sie nach dem Pflücken mit dem Handwagen nach Hause und diese Nichtstuer hauen sich den Bauch voll." „Man baut im Garten Obst und Gemüse zum Einkochen an und so ein fremder Bösewicht stiehlt es einfach."

Die Gespräche über den Waldmenschen wurden immer unheimlicher.

Nach über acht Monaten endeten die Diebstähle plötzlich.

Es musste mit dem Waldmenschen etwas passiert sein. Hatte er das Gebiet gewechselt, war er in die Zivilisation zurückgekehrt, war er gar tot?

Es blieb für immer ein Rätsel, in dem „Krischan" wieder und wieder vorkam. Er selbst tauchte amtlich nirgendwo mehr auf. Über seinen weiteren Werdegang nach der Zuchthausstrafe kann weiter spekuliert werden.

8.

Jugendlicher Leichtsinn

Autofahrer bezeichnen sie heute als „Muckel"-Werkstätten für Schrauber. Sie gab es in unserer Kernstadt aber auch schon im Jahre 1957. Offiziell firmierte das Unternehmen, man höre und staune, als Tankstelle mit Reparaturbetrieb.

Der Standort parallel der Eisenbahnlinie war wie eine Insel von Fahrbahnen umgeben. An der Tankstelle mit zwei Zapfsäulen und in der Kfz-Werkstatt in einem größeren Garagenaltbau bot Bubi, der Pächter, seines Zeichens Kraftfahrzeugmeister, seine Dienstleistungen an.

Für manche Stammkunden verkörperte die „Tanke" ihren Lebensmittelpunkt. Hier begegneten sich Autoexperten, Sachkundige, Interessierte, aber auch Schlaumeier und Neunmalkluge.

Dem Besucher eröffneten sich an dem Treffpunkt unbegrenzte Möglichkeiten: tanken, klönen, fachsimpeln, Neuigkeiten erfahren, sein Gefährt reparieren lassen, am Motorisierten basteln, ein Bier zischen und einiges mehr.

Ganz eindeutig beherrschten dort die männlichen Alteingesessenen die Szenerie. An der „Tanke" zu verkehren verband man aber auch mit Imponiergehabe gegenüber der holden Weiblichkeit. Wer bei Bubi akzeptiert wurde, war schon ein begehrenswerter Bursche.

Gebastelt wurde überwiegend nach Feierabend. Bei einem „halben Liter“ machte dies schon Laune. Wer glaubte, sich das Motorwissen aneignen zu können, konnte nach dem „Schrauben“ das Ergebnis ausprobieren.

Die Jugend träumte davon, mit wenigen finanziellen Investitionen, eine alte „Karre“ wieder gängig zu machen und danach das tolle Gefährt den Anwesenden vorzeigen zu können.

Unfallfahrzeuge standen immer mal in der Werkstatt herum, weggestellt und unbeachtet, bis der Blick von heißen Jünglingen auf die Mopeds fiel.

Eins der Zweiräder war schon lange in Vergessenheit geraten, hatte bereits Staub angesetzt.

Und zwei Söhne alteingesessener Kaufleute und ein 15-jähriger Sohn eines italienischen Fremdarbeiters waren ganz versessen darauf. Die Eltern sahen eigentlich den Kontakt zu dem Ausländer nicht gern, aber die Sprösslinge suchten sich ihre Freunde selbst aus.

Das Zweirad-Union-Moped Vicky III von Victoria war das unbestritten modernste Moped in Deutschland, 1,8 PS bei 4650 u/min., aber nicht betriebsbereit.

Bubi, der Chef, gestattete den dreien das Basteln an der Maschine. Auch durften sie dafür sein Werkzeug benutzen. Wenn mal ein Ersatzteil benötigt wurde, gab er ihnen auch Tipps, wo sie es bekommen konnten.

Aber eines untersagte er ihnen, auf öffentlichen Straßen zu fahren. Dafür waren sie noch zu jung.

So verbrachten die Stifte jede freie Minute bei Bubi. Das Hobby wurde für die drei fast zur Sucht. Sie steigerten sich derart hinein, dass es ein Muss war, diese Maschine wieder fahrbereit zu bekommen, für alle Beteiligte das Größte.

Zwar interessierten sich die Halbwüchsigen auch schon für Teenager, aber für ihre Vicky würden sie das hübscheste Mädel stehenlassen.

Im Laufe der Zeit hatten sie kleine Erfolge, aber im Großen und Ganzen funktionierte an der Maschine nur weniges.

Immer wieder mussten sie sich Tipps von den anwesenden Sachverständigen holen.

Doch dann stellte sich für die drei Bastler bald der Durchbruch ein.

An einem Samstagnachmittag brachten sie die Vicky zum Laufen. Die Welt schien total in Ordnung zu sein. Mit geschwellter Brust breitete sich Stolz und Selbstbewusstsein in ihren Gesichtern aus. Jedem, der es hören wollte oder auch nicht, führten sie die Geräusche ihrer Vicky vor. Natürlich ließen sie dabei den Motor mehrfach laut aufheulen. Wie Musik erklang es in ihren Ohren. Sie hatten den Eindruck, dass ihr Ansehen von Mal zu Mal stieg.

Dafür, ob man mit Vicky auch fahren konnte, lag jedoch noch kein Beweis vor und musste noch überprüft werden.

Dies überließen die drei nach Absprache zuerst Bubi.

Beobachter konnten deutlich erkennen, wie innerlich aufgewühlt und aufgekratzt sie waren. Wie aufgescheuchte Hühner reizte es insbesondere die beiden einheimischen Jungen, eine Testfahrt zu unternehmen.

Als Bubi Feierabend machen wollte, baten sie ihn um den Werkstattschlüssel. Trotz des Versprechens, die Garagen später wieder zu verschießen, blieb Bubi hartnäckig. Nächste Woche schlug er vor, die Maschine zu erproben.

Das Kaff nannten die Großstädter zwar im Denken und Handeln einen rückschrittlichen Ort, aber Bubi ließ selbst in dieser Provinz durch eine Servicekraft die Tankstelle bis in die späten Abendstunden geöffnet, um Kraftstoff an Fahrzeugführer abgeben zu können. Dies sprach sich auch überörtlich herum.

Natürlich kannten die Jugendlichen die heutige Servicekraft. Bubi hatte Bulli, den Stadt-Casanova, eingeteilt, der heute Abend als Tankwart agierte.

Sehr dreist machten sie Bulli glaubhaft, dass Bubi zugestimmt hatte, dass sie ihr Moped noch in der Werkstatt polieren dürften. Bulli hatte die Schlüsselgewalt und da er viel zu tun hatte, vor allem mit dem Bezirzen von jungen Mädchen, fragte er auch nicht groß nach.

So gelangten die drei wieder in die Werkstatt.

Während des Putzens der Vicky beflügelte die beiden Einheimischen der Gedanke, eine Spritztour zu unternehmen.

Sie erstellten einen Schlachtplan für eine kurze Runde durch die Innenstadt, aber nicht auf den Hauptstraßen. Das Risiko, vielleicht von der Polizei ohne Führerschein erwischt zu werden, hielten sie für zu groß.

Das Polizeirevier befand sich auf der anderen Seite der Marktstraße einige hundert Meter entfernt.

Der Ablauf sah vor, von der Tankstelle über eine Verbindungsstraße zur Straße am Fluss zu fahren und wieder umzukehren. Eine kurze Strecke, wo nichts passieren konnte.

Als sich Bulli vorne gerade mit der Betankung eines PKW mit hübscher, stattlicher Fahrerin beschäftigte, schoben die beiden ihr Gefährt aus der Werkstatt in Richtung der Dachdeckerei und ihr italienischer Freund schaute wehmütig hinterher. Dort traten sie den Motor an, und er schnurrte wie eine Katze. Da Vicky eine Doppelsitzbank hatte, fanden beide Platz und langsam fuhren sie an.

Sie lief wie ein Uhrwerk. Alle drei hatten super Arbeit geleistet. Sie bogen in die Verbindungsstraße ab und die Fahrt ging am Rathaus vorbei.

Eigentlich wollten sie jetzt an der nächsten Straße schon wieder umdrehen. Aber auf der Flussstraße mit den dortigen Geschäften „tobte noch das Leben". Man wollte, nein man musste, sich zeigen.

Insgeheim hörten sie schon das morgige Stadtgespräch über ihren wagemutigen Ausritt.

Umso länger die Flussstraße wurde, umso höher stieg die Nadel auf dem Tacho. Sie konnten aus der Vicky schon einiges herausholen.

Nun fuhren sie an der Kreuzung der Marktstraße heran. Beide hatten es allen gezeigt und man konnte zurück.

Das dortige Wenden erwies sich als Problem. Daher bogen sie tatsächlich auf die Marktstraße in Richtung Brücke stadtauswärts ab. Die Nervosität verstärkte sich, sie waren jetzt auf der Bundesstraße. Hier fuhren die Fahrzeuge schneller als auf den Nebenstraßen. Der Zweiradlenker musste sich anpassen, um nicht aufzufallen. So drehte er die Maschine noch mehr auf.

Beim Sozius kamen Zweifel auf, ob sein Freund bei der hohen Geschwindigkeit die Maschine noch beherrschte.

Ein mulmiges Gefühl machte sich bei ihm breit und er forderte den Fahrer zum Umdrehen auf.

Dies verwirrte ihn noch mehr. Jedenfalls fuhr er plötzlich auf die linke Straßenseite und schnitt die Kurve kurz vor der großen Brücke. Zu allem Unglück war die Fahrbahn auch etwas feucht und die Reifen hatten ein abgefahrenes Profil.

Die Maschine begann zu schlingern, zu rutschen. Der Fahrer versuchte zu bremsen, was aber in dieser Situation ganz fatal war.

In diesem Moment erblickten beide einen entgegenkommenden Lastwagen.

Zitternd und die Augen vor Angst weit aufgerissen, erstarrten sie.

Der Mopedfahrer reagierte nicht mehr, kein Ausweichen, kein Bremsen.

So ergaben sie sich ihrem Schicksal und rutschten unter das schwere englische Besatzungsfahrzeug.

Der völlig überraschte LKW-Fahrer sah das Moped viel zu spät und konnte nicht mehr stoppen.

Die Folgen waren tragisch. Die beiden jungen Menschen gerieten mit ihren Körpern unter das Fahrzeug und stießen mit den Köpfen, natürlich ohne Helm, gegen das untere Antriebsgestänge.

Den Helfern am Unfallort prägten sich entsetzliche Bilder ein. Die Verletzungen waren so schwerwiegend, dass beide vor Ort verstarben.

Der italienische Freund stand an der Tankstelle und wartete auf die Rückkehr der Testfahrer. Aber sie kamen nicht, sie kamen nie wieder.

9.

Die Vermisstensache

Als typisches einheimisches Kind kann man Ernst Schmeding abstempeln.

Seine Eltern kannten nur die begrenzte Stadt. Es waren fleißige, ehrbare Leute, die sich der Natur verbunden fühlten. Pflegearbeiten auf dem Friedhof, auf öffentlichen Grünanlagen, schöne Blumenbeete und Landwirtschaft waren ihr Metier. Im Herbst forderten die Bauern Mutter Schmeding zum Kartoffelroden an. Einen ganzen Tag entlohnten die Landwirte mit fünf Mark oder zahlten in Naturalien, beispielsweise einer hölzernen Kaffeemühle. Ernst begleitete seine Mutter, langweilte sich und fror manchmal vor Kälte, dass er weinte. Am Nachmittag tischte die Bauersfrau aber selbstgebackenen Bienenstich und heißen Muckefuck auf.

Die sogenannten „grünen Daumen" hatten seine Eltern in die Wiege gelegt bekommen. Vater Schmeding hatte darüber hinaus noch eine besondere Begabung. Er hantierte mit der Sense wie kein Zweiter. Wo er mit dem Gerät geerntet hatte, sah es aus, als wenn man heute mit einem Rasenmäher gemäht hätte. Und er schaffte große Flächen damit. Das erforderliche Dengeln der Sense zur Schärfung des Schneideblattes beherrschte er ebenso hervorragend.

Selbstverständlich wurde auf seinem eigenen Acker das reife Getreide von ihm mit der Sense geschnitten. Im Hinterhergehen bündelte seine Frau die Getreidehalme zu Garben. Um diese zusammenzuhalten, wickelte sie einige Halme um das Bündel. Zum Trocknen wurden die Garben dann auf dem Feld gegeneinander gelehnt.

Eine mühselige Arbeit im Verhältnis zu modernen Mähdreschern.

In diesem Elternhaus wuchs Ernst auf. Einerseits eine behütete, beschützte, umsorgte begrenzte Welt, anderseits war sie arbeitsintensiv und nach seinem Empfinden entbehrungsreich.

Ernst charakterisierte einen feinsinnigen, nachdenklichen Typ, darüber hinaus sehr in sich gekehrt. Er las gerne und ging gerne zur Schule, war wissbegierig, aufmerksam und von vielen Dingen fasziniert.

Wenn man daraus auf ein Muttersöhnchen schließen würde, wäre dies aber völlig falsch.

Denn Ernst hatte noch eine andere Seite. Die bestand aus Sportlichkeit, Kraft, und Körperbeherrschung. Im Sportverein turnte er, vollführte akrobatische Kunststücke, darüber hinaus ragte er als Schwimmer und noch mehr im Wasserspringen heraus.

Regelmäßig traf man Ernst in der Badeanstalt am Fluss an. Sowohl vom 3-Meter-Brett als auch vom 1-Meter-Brett sprang er Saltos, Schrauben und Überschläge.

Und Ernst hatte noch eine verschwiegene Seite. Das Kaff bürdete ihm eng begrenzte räumliche

Zwänge auf. Er fühlte sich eingeschnürt, es lähmte seinen Tatendrang. Er wollte wissen, was in der Ferne passierte. Gern hörte er den älteren Vertriebenen zu, die von ihrer alten Heimat berichteten. Fernweh machte sich bei ihm breit.

Als Vorbild hielt eine bekannte Persönlichkeit der Stadt her, ein Bademeister, dessen Sohn das Turmspringen perfektionierte, so dass er bei der Olympiade in Rom 1960 startete.

Ernst träumte von einer Zukunft in der Ferne.

Und plötzlich, von heute auf morgen, verschwand Ernst. Unauffindbar. Sein Schicksal beschäftigte das ganze Kaff.

Wie immer wurde getratscht, geklatscht, gemutmaßt. Gerüchte wurden verbreitet und bestätigten sich nicht.

Der Kummer der Eltern überschattete alles. Gram und Leid zogen in ihrem Alltag ein. Warum wurden ausgerechnet sie vor diese harte Probe gestellt, die ihren spät geborenen Sohn so sehr liebten? Die Ungewissheit quälte und schmerzte. Tod oder Verbrechen wollten sie nicht wahrhaben.

Die Polizei ermittelte, stocherte aber im Dunklen und nach einem halben Jahr fanden die Beamten keinen neuen Ermittlungsansatz mehr.

Die Eltern vegetierten vor sich hin, sie litten Höllenqualen, was äußerlich unverkennbar war.

Sie lebten nicht mehr, sie funktionierten nur.

Zwei Jahre kein Lebenszeichen von Ernst. Es blieb keine Hoffnung, er musste tot sein.

Ein heißer Sonntagmittag.

Auf dem Bahnhof lief ein Zug ein. Nur eine Person stieg mit einem schäbigen abgewetzten Koffer aus. Sie schaute auf dem Bahnsteig nach links und rechts. Alles wie immer.

Wie üblich um diese Zeit hielt sich kein Mensch in der Öffentlichkeit auf. Ein Hauch von Geisterstadt-Gefühl beschlich unweigerlich den Ankömmling.

Der junge Mann trödelte langsam an dem alten Bunker vorbei und zockelte in Richtung Schranke. Von dort schlenderte er mit zögerndem Schritt auf die Hauptkreuzung zu. An einem Fenster wurden die Gardinen beiseite gezogen. Neugierig blickte jemand mit der Nase an der Scheibe aus dem Fenster.

Er setzte seinen Weg mit wachem Blick fort. Ein Auto fuhr an ihm vorbei. Der Fahrer verzögerte die Fahrt und nach dem Passieren verdrehte er den Hals mit verwundertem Gesichtsausdruck.

Der Reisende überquerte die Marktstraße und bog in eine Nebenstraße ab.

In dieser Straße fühlte er sich von allen alten wohlvertrauten Gebäuden beobachtet, als wenn sie Augen hätten.

Der junge Mann stand vor seinem Elternhaus, öffnete die Seitenpforte, die wie immer nicht verschlossen war und betrat durch den Hintereingang das wohlbekannte Gebäude.

Sonntagmittags bewohnten die Einheimischen die „gute Stube“. So öffnete er behutsam die Tür und dort saßen sie wie erwartet, Vater und Mutter.

Ein erstaunter Blick, ein Blitz durch den ganzen Körper, alle überkam ein wohliges, wunderschönes Gefühl und dann der Ausbruch.

„Ernst, unser Ernstchen ist da.“ Sie sprangen auf, umarmten und drückten sich. Tränen flossen ohne Unterbrechung, alle waren überwältigt.

Kein Wort des Vorwurfs, keine Fragen, keine Rechtfertigungen, einfach nur Freude und Liebhaben.

Und wie fürsorglich Eltern nun mal sind, sagten sie, „Junge setzt dich erst einmal hin, du wirst Hunger haben. Es gibt einen Schweinebraten mit Kartoffeln und Wurzelgemüse und einen Vanillepudding mit Zwetschgen, den du doch sehr gerne magst, haben wir auch.“

Natürlich sahen die Anlieger Schmelings Ernstchen bei seiner Ankunft. Wie stille Post verbreitete sich seine Heimkehr im Kaff.

Die Einheimischen konnten ihre Neugierde nicht verbergen. Wo hielt er sich die Jahre über auf, was machte er in dieser Zeit, warum meldete er sich nicht, warum haute er heimlich ab? Fragen über Fragen, die aber den Eltern Schmeling jetzt unwichtig waren. Sie hatten ihren verlorenen Sohn wieder.

Nach dem ausgiebigen Mittagessen, bei denen die Eltern den Sohn mit einem fortwährenden Lächeln zugeschaut hatten, hielt Ernst es doch für notwendig, über die letzte Zeit zu berichten.

Am Tage des Verschwindens gastierte auf dem Sportplatz neben dem Amtsgericht, wie häufiger, ein Zirkus. Der Zirkus versprühte für Ernst den Hauch der großen weiten Welt. Und dann las Ernst das alles verursachende Pappschild:

„Mitfahrer gesucht".

Ernst sprach einen Zirkusarbeiter an, der ihm keine Chance gab, sich von zu Hause zu verabschieden. Die Schausteller benötigten an diesem Abend jeden Helfer. Das Zirkuszelt musste abgebaut und nach einer längeren Reise in einer Großstadt wieder aufgebaut werden.

Natürlich beabsichtigte der Zirkusmitarbeiter Ernst nicht die Möglichkeit zu geben, erst zu Hause um Erlaubnis zu bitten. Dies geschah von ihm schon berechnend und mit Kalkül.

So fuhr er mit dem Zirkus durch das Land von Stadt zu Stadt. Die Zirkuskünstler verpflichteten ihn, keinen Brief nach Hause zu schreiben.

Ernst füllte aber die Tätigkeit des Auf- und Abbaus nicht aus. Der sportliche junge Mann konnte mit den Artisten durchaus mithalten.

Mit seinem turnerischen Talent wurde er Luftakrobat und zeigte hierbei seine Saltos und

Schrauben, die er schon als Turmspringer beherrschte.

Ernst übertrumpfte die Konkurrenz, so dass ihn andere, größere Zirkusse engagierten, nun unter seinem Künstlernamen „Ernesto der Flieger".

Diese Zirkusse gastierten in ganz Europa und Ernst lernte die Großstädte der Welt kennen.

Nach diesen Lebenserfahrungen kehrte er nun zurück.

Am Montag suchte er auf Anraten seines Vaters die örtliche Polizei auf und meldete sich sozusagen zurück. Natürlich musste er auch dort seine Geschichte erzählen. Damit schloss die Polizei die Vermisstensache ab.

Und auch in der Innenstadt wurde sein Werdegang verbreitet, um auch dort die Neugier der Einheimischen zu befriedigen.

Ernst blieb nicht in dem Kaff, er zog in die nahe Großstadt, wo er arbeitete. Nebenbei trainierte er mit großer Begeisterung Kinder und Jugendliche in einem Sportverein. Er brachte ihnen manche Kunststückchen bei.

Wenn er allerdings die Eltern besuchte, ging oft sein Weg in das Freibad.

Dort schlug er vom 3-Meter-Brett seine Saltos. Die zuschauenden Kinder standen mit offenem Mund am Beckenrand und klatschten begeistert Beifall.

Dies kam bei ihm als eine wohltuende Anerkennung an, die er von seiner Ackerbürgerstadt erhielt.

10.

Brennmaterial

Die alten Häuser in der Innenstadt ließen insbesondere bei der Dämmung zu wünschen übrig. Der Begriff „runtergekommene Kotten“ machte die Runde. Auf Wärme in kalten Jahreszeiten verzichtete aber niemand.

Die Wärme erzeugten Bewohner mit Hilfe von Heizmaterial wie Holz, Torf und in Maßen Kohle. Dieses alles verbrannten sie in Öfen. Jedoch beheizten die Hausfrauen nicht an jedem Tag alle Räume. Die Küche, der Aufenthaltsort für alle, hatte oberste Priorität.

Die Küche befeuerten sie nicht nur als Wärmequelle, sondern auch als Kochstelle, Bügeleisenerhitzer und als Ort, wo die Wäsche im Winter trocknen konnte.

In der „guten Stube“ entfachte die Hauswirtin das Feuer nur am Sonntag oder feiertags.

Zu einem kleinen Teil der Gebäudewärme trugen auch die in den Stallungen am oder im Haus gehaltenen Tiere bei.

Das übliche Brennmaterial setzte sich aus Holz und Torf zusammen, das äußerst mühsam zum Verbrennen vorbereitetet wurde. Sehr viel Arbeit und körperliche Schinderei investierten die Hausbesitzer in seine Erzeugung.

Die Bäume fällten Waldarbeiter, befreiten den Stamm vom Geäst und sägten sie zu transportfähigen Stämmen.

Die Abfuhr erfolgte mit Leiterwagen, die Pferde zogen. Gut Begüterte leisten sich schon motorisierte Hilfsmittel.

Auf dem Hof ging die Schufterei weiter. Mit einer 1,30 Meter langen Zwei-Mann-Zugsäge zerkleinerte ein Duo die Stämme. Die Arbeit unterbrach das erschöpfte Sägepaar nur kurz vor einem Schwächeanfall.

Zählte zu den Sägern noch die Ehefrau, beschimpften ihre Männer sie obendrein noch wegen ihrer körperlichen Unzulänglichkeiten.

Anschließend hackten die Gehilfen die zersägten Stücke noch mit einer Axt portionsgerecht, zum Anmachen auch in kleinste Stücke.

Zu Holzmieten aufgeschichtet, trocknete dann das Material eine gewisse Zeit, bis es für das Endergebnis Brennholz geeignet war.

Mit der Torfproduktion verhielt es sich ähnlich strapaziös.

Im Moor bereiteten die Torfstecher die zum Abbau vorgesehenen Flächen vor, die so gut wie möglich entwässert wurden. Die obere Schicht entfernten die Arbeiter. Danach wurden unter widrigsten Bedingungen, in der Restnässe stehend, mit einem Torfspaten die Stücke portioniert und gestochen. Das Gewicht der Torfsoden erhöhte sich natürlich durch die enorme Feuchtigkeit.

Die rechteckigen Stücke stapelten dann meist die Frauen zu Hocken, eine äußerst kraftraubende, ungesunde Tätigkeit. Die Reihen gestapelten Torfes konnten nun an der Luft trocknen. Viel später verbrachte man sie, auch auf Leiterwagen, die von Pferden gezogen wurden, nach Hause. Dort hielt man den Brenntorf in Torfschuppen vor.

Eine besondere Tierquälerei beim Abtransport mit Leiterwagen und Pferdegespann soll auch nicht verheimlicht werden.

In dem mäßig entwässerten Torf sackten die Pferde mit ihren langen Beinen, teilweise bis zum Bauchansatz, gelegentlich ein.

In diesem Falle ergriff der Gespannführer zur Rettung der Pferde schnellstens die Peitsche und schlug wie ein Verrückter auf die Pferde ein. Die Tiere wieherten, vor Angst, vor Schmerz, vor Ungewissheit. Sie rissen ihre Augen weit auf und wippten sich aus dem Torf.

Diese ganzen Mühen, Anstrengungen und Plagen, nur um eine warme Räumlichkeit zu haben.

Im Übrigen leisteten sich die Menschen in der Heizperiode die teure Kohle, in Form von Eierkohlen und Briketts, nur zur Langzeitbefeuerung.

Der Kohlenhändler lieferte in Jutesäcke wenige Zentner.

Gustav, „Guschen", Overheu, ein echter Einheimischer, hatte das Zeitliche gesegnet. Das Erbe traten seine beiden Söhne Hans und Klaus an. Beide führten die Landwirtschaft im Nebenerwerb weiter, insbesondere den Ackerbau.

Sie erbten aber auch zu gleichen Teilen etwas Wald und einen Streifen Moor.

Sowohl das Waldstück als auch das Torfgebiet nutzen sie für die Gewinnung von Brennmaterial.

Wie beschrieben bereiteten sie das Holz im Wald gestapelt vor, ebenso die Torfsoden zum Trocknen.

Als Kinder waren sie einander zugetan. Sie spielten zusammen, mussten gemeinsam bei der Arbeit auf dem Hof helfen und wollten selbstverständlich Landwirt werden.

Dass einer später bei der Post arbeiten würde und der andere bei der Bahn, war der Zeit geschuldet.

Dann kamen die Frauen ins Spiel, beides Töchter aus Flüchtlingsfamilien.

Vera Tschibulka, die Angetraute von Hans, flüchtete aus dem rumänischen Siebenbürgen. Die zupackende, ehrgeizige Frau las ihrem Mann des Öfteren mal die Leviten. Sie kannte Not und Armut; die Flucht mit den Eltern und Geschwistern prägten sie. So fasste sie es für normal auf, das eigene Hab und Gut zusammenzuhalten und egoistisch für die Familie zu sorgen.

Gerda Kwietkowski, die mit Klaus verehelichte, hatte ein noch ärgeres Schicksal hinter sich. Sie war in jungen Jahren schon verwitwet. Ihr damaliger Mann, Bergmann in Schlesien, kam bei einem Grubenunglück ums Leben. Allein schlug sie sich durch, bekam im Kaff in einer Holzbaracke ein Zimmer zugeteilt und lernte bei der Moorarbeit Klaus kennen. Auch ihr war Verzicht nicht unbekannt, so dass sie an das Ihrige immer festhielt.

Obwohl sich die Lebensläufe von Vera und Gerda ähnelten, verachteten sie sich und waren sich feindselig gesinnt. Vielleicht spielte nach so viel Entbehrungen auch Neid und Missgunst eine Rolle.

Mit ihnen entwickelte sich eine gewisse Konkurrenz zwischen Hans und Klaus. Einer gönnte dem anderen nichts. Und peinlich genau wurde aufgepasst, dass keiner sich bevorteilte.

Eines Tages stellte Klaus fest, dass Hans Holz eingefahren hatte. Auf dem Hof wurde eifrig gesägt und gehackt. Die Mieten mit den Vorräten wuchsen in gewaltige Höhen.

Die Frau von Klaus monierte, dass Hans auch von ihrem Stapel Holz genommen hatte, und zwar etliche Festmeter.

Klaus stellte Hans zur Rede, der dies aber verneinte.

Einige Tage später holte Klaus mit seinem Pferdefuhrwerk aus dem Moor Torf ab. Zwei riesige Fuhren stapelte das Ehepaar über Stunden im eigens vorgesehenen Torfschuppen. Dabei nahm er vorsätzlich auch Torf mit, der eigentlich Hans gehörte.

Auch Hans stellte, nach Aufforderung durch seine Frau, Klaus zur Rede und empfand dies als Diebstahl.

Einige Monate später heulten nachts die Sirenen der Feuerwehr. Bei Hans Overheu brannte eine Holzmiete. Das gut getrocknete Brennholz konnte nicht mehr gerettet werden. Die Miete brannte bis auf die Erde herunter.

Von allein konnte die Miete nicht zu brennen angefangen haben, meinte Hans. Seine Frau brachte es auf den Punkt und beschuldigte ihren Schwager, die Miete in Brand gesetzt zu haben.

Sogar die Polizei wurde eingeschaltet. Hans erstattete Anzeige und äußerte seine Vermutung gegenüber seinem Bruder. Es konnte aber nichts bewiesen werden.

Vier Wochen später, wieder mitten in der Nacht, heulten die Sirenen erneut. Nun brannte der Torfschuppen von Klaus. Auch er konnte nicht gerettet werden. Der trockene Torf brannte wie Zunder.

Dies konnte ebenfalls kein Zufall gewesen sein. Klaus, unterstützt durch seine Frau Gerda, verdächtigte seinen Bruder Hans und erstatte ebenfalls Strafanzeige wegen Brandstiftung.

Die Ermittlungen führten ins Nichts. Kein Beweis, keiner konnte überführt werden.

Der Zwist setzte sich bei den Kindern und Kindeskindern der Overheus bis heute fort, nur wegen eines warmen Zuhauses oder waren etwa die Frauen schuld?

11.

Vortäuschen einer Unfallflucht

Nahe dem Schloss, zwischen Kirche und Arrestanstalt, stand ein uraltes Gebäude aus dem 15. Jahrhundert. Es erhielt in der Ackerbürgerstadt den Namen Zehntscheune, da es ursprünglich als Getreidespeicher genutzt wurde. Dort sammelten die Adelsherren bis zum 19. Jahrhundert eine zehnprozentige Getreidesteuer.

Nach dem Zweiten Weltkrieg beanspruchte die Arrestanstalt das Gebäude als Lager- und Arbeitsstelle, ließ es aber immer mehr verfallen.

Der geheimnisumwitterte, rätselvolle Ort zog Kinder magisch an. In der Stadt erzählten die Alteingesessenen die spannendsten Geschichten über die Scheune. Aber die Eltern sprachen hinsichtlich des Betretens ein unnachgiebiges Verbot aus. Sie wiesen immer wieder darauf hin, dass dies keine Spielstätte wäre. Das verstärkte die Anziehung aber umso mehr.

Es gab immer wieder kleine Bengels, die sich Zugang verschafften. Im imposanten Inneren beeindruckten die riesigen Ausmaße von 30 mal 10 Meter, dazu gesellte sich die Dunkelheit und die Stille, obwohl man sich mitten in der Stadt befand. Dicke, sichtbare Holzbalken erblickten die Betrachter in schwindelerregender Höhe.

Bei den Kindern im Kaff hatte man es nicht mit Angsthasen zu tun. Sie kletterten, balancierten und versteckten sich in dem Gemäuer.

In den großen Ferien, Anfang der 50er-Jahre, packte zwei Jungen die Abenteuerlust. Sie schlichen sich schon oft ins Innere, aber heute wollten sie ein nie dagewesenes Wagnis eingehen, nämlich auf dem obersten Balken quer durch die Scheune balancieren.

Die Väter der beiden Wagemutigen gehörten als Sprecher den beiden großen Parteien der Ackerbürgerstadt an. Ihre Eltern hatten ihnen strengsten verboten, dort zu spielen. Der Reiz aber überwältigte sie und war größer als die Angst vor Repressalien der Väter.

Nachdem der erste Junge das obere Gebälk erkletterte, wartete er auf seinen Freund. Anschließend gelangten beide in die schwindelerregende Höhe. Ein bisschen unbehaglich war ihnen schon.

Ohne lange zu zögern, jonglierte der Erste Fuß vor Fuß auf dem Balken. Der andere folgte gleich. Die Mitte des Balkens hatten sie erreicht. Nun gab es kein Zurück mehr. Nirgendwo konnten sie sich abstützen oder festhalten. Sie hatten nur den breiten Balken unter ihren Schuhen. Fast erreichte der erste das Ziel auf der gegenüberliegenden Seite, als er sich umschaute und ins Wanken geriet. Um das Gleichgewicht zu halten, fuhr er den rechten Arm seitwärts aus. Diese Unvorsichtigkeit hatte verheerende Folgen. Er berührte seinen Freund, aber es war mehr als ein Berühren, es glich eher einem heftigen Stoß…

…und der Freund stürzte mit einem Schrei in die Tiefe.

Der Obere schaute hinunter zu seinem Freund, der regungslos auf dem Lehmboden lag.

So schnell er konnte, erreichte er die gegenüberliegende Seite und stieg am Gebälk nach unten.

Sein Freund war zwischenzeitlich wieder bei Bewusstsein. Aber er stöhnte vor Schmerzen. Blut ran aus der Nase. Der Ellenbogen blute heftig.

Neben den körperlichen Schmerzen verspürten sie Angst und Furcht vor den drastischen Strafen der Eltern und dem Geschimpfe. Panik brach aus.

Wie könnte man diesem Dilemma mit erheblichen Folgen entkommen?

Der Unverletzte hatte die Idee, seinen Freund zur nahen Marktstraße zu schleppen. Hier herrscht immer auf der Ortsdurchfahrt, der Bundesstraße, reger Fahrzeugverkehr. Man könnte behaupten, dass der Freund beim Versuch, die Straße zu überqueren, von einem Raser angefahren wurde. Dieser wäre aber einfach weitergefahren.

Vieles bliebe ihnen bei dieser Version erspart. Es hätte auch keine weiteren Folgen, denn einen angeblichen Fahrer könnte man dazu nicht befragen.

So setzten sie die Idee in die Tat um. Mit schmerzverzerrtem Gesicht zog der eine den anderen zur Alten Wache. Dort angekommen, wurde der erstbeste Bekannte angesprochen und die Geschichte erzählt.

Nach der ersten Empörung kam die Erste Hilfe. Von einem nahen Geschäft aus wurde ein Krankenwagen gerufen. Den verletzten Jungen transportierten die Rettungssanitäter zum Krankenhaus, wo der Arzt eine Gehirnerschütterung, eine Nasenbeinfraktur, zahlreiche Hautabschürfungen und drei abgebrochene Zähne diagnostizierte.

Auch die Polizei wurde gleich hinzugezogen und nahm die Ermittlung nach dem unfallflüchtigen Fahrer auf.

Der vermeintliche Verkehrsunfall zog noch ungeahnte Konsequenzen nach sich.

Die Partei des Vaters des unverletzten Jungen forderte seit einiger Zeit den Bau einer Umgehungsstraße. Der Verkehr war einfach zu stark geworden und die Innenstadtstraße konnte ihn nicht mehr bewältigen. Mit Entschlossenheit von der Stadtverwaltung und der Politik verlangten er und seine Partei das Jahrhundertprojekt.

Die Partei des Vaters des verletzten Jungen setzte andere Prioritäten. Zwar lehnten sie eine neue Bundesstraße nicht kategorisch ab, aber für sie stand die Flüchtlingsproblematik mit der Wohnungsnot im Mittelpunkt. In dem Bereich sollten zuerst Ergebnisse erzielt werden.

Konträr standen sich seit Monaten die Parteien mit heftigen Wortgefechten gegenüber; Verkehrssicherheit gegen Flüchtlingsnot. Und beide Parteien hatten mit zahlreichen Argumenten ihre Unterstützer.

Aber jetzt!

Die Gefährlichkeit des Straßenverkehrs für die schwächeren Verkehrsteilnehmer nahm dem Anschein nach zu und die Autofahrer rasten so aggressiv, dass Fußgänger nicht mehr sicher die Straße queren konnten. Nun fuhr ein Verkehrsrowdy noch ein Kind an und zudem den Sohn eines führenden Parteimitglieds.

Alsbald wandelte sich der Schwerpunkt zukünftiger Ratspolitik und alle Parteien stimmten geschlossen für eine Umgehungsstraße.

Im Übrigen hatte dies auch nach langer Planung Erfolg. Ab 1961 konnte man die Stadt zügig umfahren.

So kann manchmal ein erfundener Unfall zu größeren Verkehrslösungen beitragen.

Und auch für die alte, klapperige Zehntscheune gab es ein Happy End. Im Zuge neuer Verkehrsplanungen stand sie im Wege und sollte abgerissen werden. Es fand sich aber ein Gönner, der sie Abtragen ließ. Im neuen Glanz wurde sie im Jahre 1979 in einem Stadtteil wiedererrichtet.

Aber wie ging die Unfallflucht aus?

Ein einfühlsamer Polizeibeamter besuchte den verletzten Jungen im Krankenhaus. Er schilderte das Unfallgeschehen. Als der Beamte Details erfragen wollte, zeigte sich recht schnell, dass der Junge sich in Widersprüchen verzettelte.

Ein gestrenger Blick des Beamten in erhöhter Tonlage ließ das Lügengerüst schnell zusammenbrechen. Der Junge erzählte schluchzend und heulend die Wahrheit. Der Beamte zeigte großes Verständnis und der Bitte des Jungen, es nicht den Eltern zu sagen, kam er tatsächlich nach.

Kraft seines Amtes, was damals wohl noch möglich war, stellte er die Ermittlungen ein, ohne groß Aufsehens davon zu machen.

Vor der Staatsgewalt hatte man wohl noch den Respekt, denn die Eltern mochten nicht weiter nachfragen.

So nahm der Unfall ein gutes Ende.

Die Kinder erfuhren keine Bestrafung, eine neue Umgehungsstraße wurde gebaut und die Zehntscheune blieb der Nachwelt erhalten.

12.

Der Einsiedler

Schröders „Schorse" wohnte mit seinen Eltern in einer Nebenstraße der Marktstraße. Hier lebten in dem alten Ackerbürgerhaus bereits seine Großeltern und viele Generationen davor. Alle fühlten sich der Landwirtschaft verpflichtet.

„Schorse" hauste zurückgezogen, wollte mit niemanden in Kontakt treten. Gelegentlich setzte er sich mit angeblich Wohlgesonnenen zu einem Bier zusammen. Diese Zechkumpanen glaubten, er sei reich und könne alle freihalten. Das Erstere konnte zutreffen, beim Zweiten hatte man sich aber geirrt. Er machte zwar einen heruntergekommenen, tölpelhaften Eindruck, hinter seinem verschmitzten Lächeln steckte doch ein heller Kopf, der eine gewisse Bauernschläue besaß. Den Beruf des Bauern übte er auch mit Leib und Seele aus.

Reichtümer zeigte er nicht nach außen. Davon zeugte seine uralte und verschlissene Kleidung; Neues schaffte „Schorse" nicht an. Seinen Lebensunterhalt mit dem Kauf von Nahrungsmitteln und Getränken, neben seinen eigenen Erzeugnissen, konnte er locker bestreiten.

Hinsichtlich seiner Arbeitsmoral lebte er nach dem Motto: So wenig wie möglich, so viel wie nötig!

Fehlte der Familie ausnahmsweise für den besonderen Fall Bargeld, verkaufte oder verpachtete „Schorse" etwas Ackerland, von dem er viel besaß.

Vater und Mutter schufteten ihr Leben lang auf diesem Flecken Erde und waren nun alt und gebrechlich. Besonders der Vater bedurfte der Pflege. Dies bewerkstelligten Mutter und Sohn notdürftig.

Nach dem Tod des Vaters mussten die beiden allein zurechtkommen. Sie störte nicht, dass ihr Wohnumfeld immer mehr verlotterte, ganz zu schweigen von der maroden Bausubstanz.

Der Gesundheitszustand der Mutter verschlechterte sich zusehends. „Schorse" fiel es schwer, sie zu versorgen. Eine Pflege von anderer Hand schloss er selbstverständlich aus. Hilfe anderer kannte er nicht und wollte sie auch nicht in Anspruch nehmen. „Dat mork wi allene", war sein Ausspruch.

Es kam der Tag, an dem die Mutter verstarb und „Schorse" nun allein sein Leben bewältigen musste.

Allerdings machte er nicht den Eindruck, als wenn ihm dies missfiel. Er führte das Dasein eines Einzelgängers in Perfektion.

Dazu gehörte selbstverständlich, dass er Neuerungen und Veränderungen ablehnte. Fortschrittliches und Verbesserungen kamen ihm nichts ins Haus.

Beispielsweise wehrte er sich vehement gegen die Kanalisation mit Hausanschlüssen für Regen- und Schmutzwasser.

Das Plumpsklo auf dem Hof reichte in der Vergangenheit für alle Bewohner aus, so erst recht für ihn allein.

Die alten Wohnräume, besser zu bezeichnen als baufällige, zerfallene Behausungen, heizte „Schorse“ mit Öfen, wobei er Torf und Holz als Brennmaterial bevorzugte. Die Erforderlichkeit des Heizens erkannte er aber erst bei extremer Kälte an und natürlich nicht in allen Räumen.

An modernen Errungenschaften gönnte er sich den öffentlichen Wasseranschluss.

Dagegen beschloss er, den Stromanschluss als seinen größten Feind anzuerkennen.

Da Strom von der Gasanstalt geliefert wurde, nahm er diese Institution als seinen Albtraum besonders aufs Korn.

Seine Unabhängigkeit vom Strom wollte er wahren.

Verdunkelte sich der Abend, ging er zu Bett und bei den ersten Sonnenstrahlen stand er auf. Alles was in tiefster Nacht passierte, konnte er mit einer Laterne regeln.

Aber diese Gasanstalt buddelte einfach Hausanschlüsse, ohne zu fragen. Auch bis an die Grundstücksgrenze seines Ackerbürgerhauses legten die Gaswerker einen Stromanschluss. Als Höhepunkt installierten sie einen Zähler in seiner Diele, auf dem der Verbrauch dokumentierte wurde.

„Schorse“ verbrauchte nichts und zahlte daher nichts.

So öffnete er den Zählerkasten und riss unfachmännisch die Kabel heraus.

„Schorse“ beherrschte die Landwirtschaft, Ackerbau und Viehzucht, nicht aber die Elektrik, geschweige denn kannte er die Gefahren durch Strom.

Bekam er einen „gewischt“, schüttelte er sich nur kurz.

Ein Mitarbeiter der Gasanstalt, eigentlich handelte es sich um einen sogenannten Ableser, warnte ihn des Öfteren.

Da dieser Mitarbeiter nach dem Krieg aus Oberschlesien vertrieben wurde und ein radebrechendes Deutsch sprach, verhöhnte ihn „Schorse“ auf Plattdeutsch als Wasserpolacke, Pimock und Rucksackdeutschen.

Diese heimatlosen Gesellen hatten ihm gar nichts zu sagen.

Aber „Schorse“ misstraute nicht nur den Flüchtlingen, sondern auch der Technik. Falls doch ein Verbrauch auf dem Zähler auftauchte, würde er dafür ungerechtfertigt zahlen müssen. Die Unterbrechung der Kabelverbindung schien ihm daher die sichere Lösung zu sein.

So kam, was kommen musste, er löste unbeabsichtigt einen Brand aus. Allerdings bemerkte er ihn rechtzeitig und löschte ihn mit dem wassergefüllten Nachttopf.

Die Jahre zogen ins Land. „Schorse“ alterte und lebte immer zurückgezogener. Wenn er Tage nicht gesichtet wurde, riefen die Nachbarn die Polizei herbei. Sie trafen ihn aber immer lebend an.

Sein äußeres Erscheinungsbild veränderte sich jedoch sichtbar. In der Mundhöhle entdeckte man nur noch wenige verfaulte Zähne, der ungepflegte Bart- und Haarwuchs hatte schon lange keinen Schnitt mehr erfahren und der abscheuliche Körpergeruch zeugte von wenig Wasserberührung. „Schorse“ verkümmerte langsam zu einer erbärmlichen Gestalt.

Die Nachbarn fragten sich, wie er überhaupt überleben konnte. Er kaufte ja nur ganz wenig ein, lebte überwiegend nur von dem, was er vom Acker holte und von seinem, in den Ställen gehaltenen, wenigen Viehzeug.

Der Strom blieb sein Widersacher. Hin und wieder brannte es im Ackerbürgerhaus. Da er seine Bleibe selten verließ, konnte er die Schäden schnell löschen.

An einer belebten Ausfallstraße des Kaffs wurde auf einer Ackerfläche gebaut, fernab von jeglicher Behausung. Zuerst sah es auf der Wiese nach einem Viehunterstand aus. Dann wuchs das Gebäude als eventuelle Wohnstätte heran.

Ein einzelner Maurer baute ein längliches, einstöckiges Gebäude mit einem kleinen Treppenaufgang.

Neben dem Handwerker wirkte gelegentlich ein anderer in Eigenleistung mit: „Schorse". Ihm gehörte auch das Land.

Der Dorftratsch verkündete schnell, dass „Schorse" baute.

Die Alteingesessenen hielten es eigentlich für unmöglich. Er und seine Vorfahren wohnten ausschließlich in dem Ackerbürgerhaus, hatten nie ein anderes Zuhause gesehen und nun das.

Das Gerede kam auch bei der Stadtverwaltung an, wo gleich eine Prüfung erfolgte. Einen Bauantrag reichte „Schorse" nicht ein, so dass das Bauamt auch keine Baugenehmigung erteilte. Bei seinem Grundstück handelte es sich auch gar nicht um Bauland. Aber über dies setzte sich „Schorse" hinweg. Ihm konnte keiner vorschreiben, was er auf seinem eigenen Grund und Boden zu tun und zu lassen hatte.

Schröders „Schorse" fasste tatsächlich den Entschluss, das dichte Aufeinanderhocken in der Kernstadt aufzugeben, und vor der Engbebauung mit seinen Unannehmlichkeiten, dem Klatsch und Tratsch, zu flüchten und ganz allein in ein Haus einzuziehen. Dort würde er keine Menschenseele sehen und niemand könnte sein neues Heim an Strom und Kanalisation anschließen.

Trotz aller Verbote, Hinweise und Mahnungen ließ „Schorse" weiterbauen. Von seinem Ziel ließ er sich nicht abbringen.

An Sturheit war er nicht zu überbieten.

Vor dem Winter stand nur der unfertige Rohbau, gleichwohl beabsichtige er, in den Rohbau einzuziehen.

„Schorse“ packte sein weniges Hab und Gut aus dem alten Ackerbürgerhaus auf einen Leiterwagen und schaffte die „Pötte und Pannen“ von seinem Pferd „Lotte“ gezogen zum Rohbau.

Just wie er das alte Ackerbürgerhaus geräumt hatte, brannte es bis auf die Grundmauern nieder. Außer wenigen verkohlten Fachwerkbalken blieb nichts übrig. Aufgrund der früheren Kleinbrände lag der Verdacht nahe, dass „Schorse“ wieder am Stromanschluss hantiert hatte. Ermittlungen führte die Polizei in dieser Richtung, ohne Beweisfestes zu finden.

Spekulationen, dass „Schorse“ eine vorsätzliche Brandstiftung verübt hatte, um eine Gebäudeversicherung zu kassieren, konnten schnell entkräftet werden. „Schorse“ hatte nie im Leben irgendeine Versicherung abgeschlossen.

Die Brandsache wurde letztendlich eingestellt.

„Schorse“ zog in einen unverputzten Rohbau, ohne Fenster und Türen, ein. Dies sollte auch die nächsten Jahre Bestand haben. Wenn es ihm passte, hämmerte und sägte er, so dass da, wo Fenster und Türen vorgesehen waren, Bretter vorkamen. Zwei angelehnte Bohlen bildeten den Treppenaufgang.

Strom kam ihm allerdings nicht ins Haus und mit Wasser versorgte er sich aus einem Brunnen.

Er ließ es sich aber nicht nehmen, mit dem Leiterwagen zum abgebrannten Haus zurückzukehren und die restlichen Holzbalken, die nicht in den Flammen umgekommen waren, als Heizmaterial abzuholen.

So lebte er fern ab der Innenstadt als Einsiedler an der Ausfallstraße, ohne Kontakt zu den Menschen der Umgebung. Er wurde uralt. Die Polizei fand ihn aufgrund von Hinweisen aus der Bevölkerung viele Jahre später Tod in seiner unfertigen Behausung.

13.

Doppeltes Pech

Seit vielen Jahren schlachtete Karl Lühring im Winterhalbjahr traditionell für seine Kunden Schweine.

Der erfahrene Hausschlachter übte im Haupterwerb den Beruf des Maurers aus, aber bei Schlechtwetter im Winter hatte er die nötige Zeit und er beherrschte seine Nebenbeschäftigung wie kein zweiter.

Vom Großvater hatte er das Handwerk erlernt, und zwar so gut, dass er beste Referenzen vorweisen konnte und gut ausgelastet war. Seine Wurst schmeckte bestens, auch wegen seiner besonderen Gewürzmischung, die er nicht verriet.

Dem ungeachtet schlachteten die Bauern von Jahr zu Jahr weniger zu Hause.

Die Nebenerwerbsbauern fütterten ihre Schweine mit Runkeln, Kartoffeln, Schrot, Kleie und Küchenresten das Jahr über an. Hatten sie dann ihre 100 Kilogramm, bemühte sich der Landmann um einen Termin bei Hausschlachter Lühring. Immer mehr Familienfeste gaben den Anlass für Hausschlachtungen, resümierte Lühring.

Die nötigen Gerätschaften für das Schlachtfest hielten die Bauern zur damaligen Zeit noch vor. Schlachtbänke, Holztröge und Holzmulden, Leitern, Töpfe, Kübel und Fleischwolf sowie Kleinkram wie

Bindfäden und Stricke kramten sie aus den Ställen und Waschküchen.

Der Hausschlachter leiste seinen Beitrag mit Messer, Sägen, Spalter, Schabeglocke, Bürsten, Haken und vor allem das Bolzenschussgerät.

Zur kalten Jahreszeit begann die Aktion in aller Frühe.

Noch früher heizte die Bauersfrau den Kessel in der Waschküche an. Die gesamte Waschküche reinigte sie am Vortag gründlich.

Nach der Terminvereinbarung mit Lühring bestellte der Bauersmann zur bestimmten Zeit auch den Fleischbeschauer ein.

Bei Duensings lag ein besonderes Ereignis an. Die Tochter des Hauses Katharina heiratete und dafür sollte natürlich ein fettes Schwein geschlachtet werden.

Aber welch Drama ging der Prozedur voraus.

Auf dem Hof von Heinrich und Magda Duensing, eine über viele Generationen in dem Kaff lebende Sippe, wohnten ihr Sohn Hans-Heinrich mit Frau und zwei Kindern sowie die ledige Tochter.

An der Fortführung der Landwirtschaft durch den Sohn im Vollerwerb war nicht zu denken. Es rentierte sich nicht.

So muckelten die Alten mit Tochter auf dem Gehöft im Nebenerwerb weiter und Sohn Hans-Heinrich arbeitete beim größten Autobauer im Lande.

Hans-Heinrichs Leidenschaft gehörte dem Fußball. Er spielte selbst Mittelstürmer im örtlichen Verein.

Auch der Arbeitskollege von Hans-Heinrich war ein begeisterter Fußballspieler, kein Wunder, er kam aus dem fußballfanatischen Italien.

Als Vorbote der späteren Gastarbeiter fand der junge Frederico eine Anstellung beim Autokonzern. Sein Werkmeister hatte ihn in seinem Heimatort eingeladen und so sah er beim Spiel der 1. Herrenmannschaft einmal zu. Der gutaussehende, schwarzhaarige Italiener feuerte seinen Chef lautstark an.

Das jugendliche Mädchen, mit dem lausbübischen Lächeln, neben ihm, schrie ebenfalls aufs Spielfeld. Katharina spornte ihren Bruder an.

Bald ging ihr Blick aber mehr zu Federico als auf das Spielfeld und umgedreht genauso.

Romantisch würde man sagen: Liebe auf dem ersten Blick.

Als Katharina ihr Verhältnis den Eltern beichtete, gingen diese auf die Barrikaden, waren empört und absolut gegen diese Beziehung. Ein Gastarbeiter, ein armer Schlucker, noch böser, ein Itaker, Makkaroni, Pizzabäcker, nein, das durfte nicht sein. Was würden die Nachbarn denken, was würden die ganzen Einheimischen lästern? Um Gottes willen!

Aber Katharina ließ von Frederico nicht ab, trotz aller Vorbehalte setzte sie sich durch.

Die Eltern wollten dem Glück ihrer geliebten Tochter dann doch nicht mehr im Wege stehen und der Termin für die Hochzeit wurde festgelegt.

...und da ist es Tradition, dass ein eigenes Schwein geschlachtet wird.

Alle halfen am Schlachttag. Selbst die Enkel bekamen schulfrei, auch, weil der Lehrer auf eine kleine Knappwurst und eine Milchkanne Brühe hoffte.

Der Arbeitstag begann um 6 Uhr. Schon zu dieser frühen Stunde gönnten sich Bauer Duensing und Hausschlachter Lühring einen Klaren aus der Kornflasche.

Karl Lühring, mit weißer Schirmmütze auf den Kopf und Gummistiefel an, band seine Schlachterschürze um.

Er erklärte, wie immer, den Beteiligten noch einmal den Ablauf.

Im Stall sollte das Schwein ein Strick ans Hinterbein bekommen und behutsam auf den Hof geführt werden, damit sich das Tier nicht aufgeregte. Lühring würde es in eine festgelegte Ecke drängen, wo er das Bolzenschussgerät auf die Stirn zwischen Augen und Ohren ansetzte und das Schwein betäubte. Die eigentliche Schlachtung erfolgt dann durch Abstechen mit dem Steckmesser an die Gurgel. Zog er dann das Messer heraus, schoss das Blut. Die Bäuerin musste dann schnell eine flache Schale unter den Kehlstich schieben. Nach gefüllter

Schüssel, presste Lühring den Einstich mit der Hand zusammen und die volle Schale konnte schnell in einen Eimer geleert werden. Die Enkel sollten dann mit der Hand das Blut im Eimer rühren, damit sich keine Klümpchen bildeten.

Anschließend hängten die Beteiligten das Schwein an die Leiter und brühten es ab. So der gedachte Ablauf.

Nach dieser eingehenden Unterweisung Schritt Lühring zur Tat.

Nur das Schwein machte nicht mit. Es quiekte, war widerspenstig, als wenn es sein Ende merkte. Mit vereinten Kräften gaben alle dem Tier Kontra und zogen gemeinschaftlich.

Lühring erkannte nun eine günstige Gelegenheit, brachte das Bolzenschussgerät in Position…

Der Hofhund bellte, jagte an der Leine diagonal über den Hof, das Schwein erschrak, wollte flüchten, Lühring drückte ab, ein Aufschrei, Heinrich Duensing wurde vom Bolzen in der Wade getroffen, quer durch seine derbe, graue Manchesterhose.

Das Gequieke und der Aufschrei verursachten beim Polizeichef, der gerade zu Fuß zur Arbeit wollte und am Haus vorbeikam, Neugierde.

Er sah das Malheur und nahm die Ermittlungen gleich auf, fahrlässige Körperverletzung mit einer Waffe.

Alles wurde abgeblasen, das Schwein in den Stall geführt und Bauer Duensing improvisierend mit einer Torfkarre ins nahe Krankenhaus geschoben.

Die Verletzung stellte sich als „Fleischwunde" heraus. Karl Duensing hatte Glück im Unglück.

Ohne ihn ging am nächsten Morgen aber alles glatt über die Bühne. Das Schwein durfte einen Tag länger leben und die Kinder hatten zwei Tage schulfrei.

Die Polizei stellte übrigens die Ermittlungen nach kurzer Befragung ein.

Aber es sollte nicht der letzte Einsatz der Polizei auf dem Hof Duensing gewesen sein.

Die Hochzeit stand an. Eine Vielzahl von Gästen erhielt eine Einladung: Verwandte, Bekannte, Nachbarn, Freunde von Katharina und natürlich auch von Frederico. Nach der Zeremonie sollte kräftig gefeiert, das heißt gegessen, getrunken und getanzt werden.

Aus Erfahrung wussten die Einheimischen, dass das Hochzeitsmahl einer sensiblen Vorbereitung bedurfte. Von einem guten Essen sprach man noch lange nach einer Feier.

Der Menüplan sah einen deftigen Hochzeitsschmaus vor, aus der eigenen Schlachtung mehrere Schweinebraten, die im alten Bäckereiofen von Kallmeyers nahe der Marktstraße schön krustig werden sollten, dazu neue Kartoffeln und frisches Gemüse aus eigener Ernte. Da lief das Wasser im Munde zusammen.

Darüber hinaus lieferten die Nachbarn bei Bäcker Kallmeyer auch selbst hergestellte Klöben,

Apfelkuchen und Platenkuchen ab, die er in seinem großen Ofen backte.

Nun kam Frederico ins Spiel.

Unter den vielen Gästen waren auch seine Familienangehörigen, die extra aus Italien anreisten. Und seiner Mutter sagte seine Verwandtschaft nach, sei die beste Köchin, die es überhaupt gab. Er schlug vor, dass seine Mutter die Zubereitung in die Hand nahm, natürlich zusammen mit den einheimischen Frauen. Seine Mutter würde sich über diese Geste sehr freuen.

Als Katharina zustimmend nickte, waren auch Karl und Magda Duensing damit einverstanden, mit dem drohenden Zusatz von Karl: „Wat de Buer nich kennt, dat fret he nich.“

Der große Tag rückte näher. Schon am Vortag traf man in der Küche die Vorbereitungen. Es ging hoch her. Die Anwesenden sprachen plattdeutsch, hochdeutsch und italienisch, gelegentlich mit Händen und Füßen.

Fredericos Mutter Maria, eine resolute, feurige, rundliche Dame, war die ungekrönte Meisterin ihres Faches. Alles ging ihr gelungen von der Hand. Das Vertrauen der anderen Anwesenden stieg, Maria hatte alles im Griff.

Exotische Düfte, fremdartige Kräuter und Gewürze durchströmten die Räume.

Wie aber sollte Maria dies alles am nächsten Morgen bewältigen, neben ihrer Teilnahme an allen offiziellen Anlässen?

Sie bewerkstelligte mit Bravour all ihre Tätigkeiten und pünktlich stand nach all den Lobreden das Essen auf dem festlich gedeckten Tisch, Schalen über Schalen und große Bratenplatten.

Nun konnte gespeist, getafelt, geschmaust, geschlemmt, reingehauen werden.

Die aus der Ferne angereisten Gäste waren voll des Lobes. Sie kannten Maria und ihre Kochkunst, ihre Liebe, mit der sie Speisen äußerst geschmackvoll zubereitete. Bei vielen Feiern hatte sie dies unter Beweis gestellt und die Begeisterung war überschwänglich.

...nur bei den Einheimischen nicht.

Die Gesichter der bäuerlichen Gäste versteinerten sich nach dem ersten Probieren. Blicke tauschten sie aus, leise wurde zwischen den Paaren getuschelt.

Karl Duensing flüsterte seiner Frau ins Ohr, dass die dicke Italienerin die ganzen Braten versaut habe.

Sie hätten im Erdboden versinken mögen. Diese Peinlichkeit!

Und nun das noch.

Überschwänglich fragte Frederico seine Mutter, welche Zutaten sie für die herrlichen Schweinebraten und köstlichen Soßen verarbeitet hatte.

Thymian, Basilikum, Rosmarin, Salbei, Rucola, Paprika, Balsamico, Olivenöl, Pastinake, Mozzarella, geriebener Parmesan, viele Knoblauchzehen...

Die Einheimischen erschraken, schüttelten sich, zogen eine Schnute und rümpften die Nase, insbesondere vor den vielen Knoblauchzehen. Karl hatte die meisten Dinge noch nie gehört, geschweige denn gegessen.

So gab es geteilte Meinungen; die Angereisten fanden das Essen bestens, die Einheimischen dagegen ungenießbar und übelschmeckend.

So krass sagten sie es aber nicht.

Das änderte sich im Laufe des Abends und der Nacht, insbesondere nach reichlichem Alkoholgenuss.

Dann steigerten sich die eingangs erwähnten Schimpfwörter für italienische Gastarbeiter in Spaghettifresser.

Die ließen sich dies nicht gefallen und konterten mit Kartoffel- und Sauerkrautfresser sowie Bratwürstchen und deutsche Michels.

Es blieb nicht bei Worten, die Sache wurde handfester und die angedachte schöne Feier endete in Schlägereien und dem Einschreiten der Polizei.

Bei der Hausschlachtung fahrlässige Körperverletzung und nun vorsätzliche Körperverletzungen?

Die beiden einschreitenden Polizeibeamten hatten alle Hände voll zu tun, die Angelegenheit zu schlichten. Sie appellierten immer wieder an die Vernunft und wiesen auf den freudigen Anlass hin.

So schwenkte nach einer gewissen Zeit die Stimmung um und es begann die Phase der

Versöhnung, der länderübergreifenden Freundschaft und der Völkerverständigung.

Übrigens kamen Heinrich und Magda Duensing der Name Frederico so schlecht über die Lippen, dass sie ihn einfach Friedrich nannten.

Die turbulente Feier blieb den frisch Vermählten in bleibender Erinnerung.

Heute, nach der diamantenen Hochzeit, schmunzeln alle über die unvergesslichen Ereignisse.

Frederico ist inzwischen Deutscher als ein Deutscher und wird in Ableitung des Kosenamens der Schwiegereltern von allen nur Fritz gerufen.

Ihre drei stattlichen Söhne erhielten ebenfalls italienische Vornamen, nämlich Michele, Leonardo und Guiseppe, zumindest stehen diese Namen in ihren Ausweisen.

Bekannt sind sie aber heute nur als Michel, Leo und Sepp.

14.

Trunkenheit am Lenker

Politische Themen, die die Stadt betrafen, wurden öffentlich in Ratssitzungen und in den Ausschüssen diskutiert und demokratisch entschieden, und zwar von den gewählten Vertretern.

Soweit die aufgeklärte Vorgehensweise. Aber…

Seit Generationen spiegelten die Namen der Ratsmitglieder im Kaff die alteingesessene Bevölkerung wider.

Selten bekam ein politisch interessierter Zugereister bei Wahlen die nötigen Stimmen, um in Gremien mitentscheiden zu dürfen. Und auch Ratsfrauen wählten die Berechtigten ungern. Um es in Zahlen auszudrücken: eine. Dieser älteren, engagierten Gewerkschaftsdame widmete die Stadt später sogar eine Straße, den Frieda-Reißaus-Weg.

Neben dieser „öffentlichen" Politik agierte noch eine sogenannte „Hinterzimmer-Politik" der Einheimischen. Generationsübergreifend hielt sich die Gepflogenheit, so wenig wie möglich und so viel wie gerade nötig, öffentlich zu machen.

Ein kleiner erlauchter Kreis behielt sich die endgültigen Entscheidungen, manchmal sogar zum persönlichen Nutzen, vor. Auch die sogenannte „Vetternwirtschaft" stand hoch im Kurs.

Die vermeintlichen Entscheider trafen sich oft im Anschluss an Sitzungen, vorzugsweise im Ratskeller.

Der edelmännischen Clique gehörten nicht nur Ratsmitglieder an.

So saßen an einem Freitagabend nach einer Sitzung des Verwaltungsausschusses einige Ratsmitglieder, Landwirte, Verwaltungsbeamte, Kaufleute, der Pastor, ein Lehrer und ein Allgemeinmediziner sowie ein Gemeindedirektor zusammen.

Die Gemeindedirektoren, sie leiteten die Gemeindeverwaltungen in den Dörfern, fühlten sich als „kleine Provinzfürsten".

Sie tagten und zechten hinter verschlossenen Türen im Gewölbe des Ratskellers bei Zigarettenqualm, dicken Zigarrenschwaden und beißendem Pfeifenrauch.

Wenn 20 Personen in einem zugesperrten Raum eng zusammensaßen, kann man sich vorstellen, dass die Luft „geschwängert" war.

Gleichwohl fühlte man sich sauwohl. Daran hatte auch der Alkohol seinen entsprechend hohen Anteil.

Wer nun glaubte, dass dort schwierigste politische Themen abgesprochen wurden, der irrt.

Nach einiger Zeit konnte durchaus der Eindruck entstehen, dass das gemütliche Trinken von Bieren im Vordergrund stand und die Politik nur als Alibi vorgeschoben wurde.

Dies vermuteten auch einige Ehefrauen der illustren Runde.

Es kam öfters vor, dass Kinder von ihren Müttern ins Gewölbe geschickt wurden, um den Ehemann/Vater zur Heimkehr zu bewegen.

Dies gelang selten, denn kein gestandenes Mannsbild wollte als „Waschlappen“ dastehen.

Im Laufe des Abends und mit höherer Alkoholverkostung stieg die Stimmung, was Außenstehende an der Lautstärke deutlich ablesen konnten.

Auch der Blick auf Vorderseite, aber auch Rückseite, der hübschen Ratskellerbedienung nahm zu.

Ob hier „Hinterzimmer-Politik“ gestaltet wurde oder ein Saufgelage abging, spielte bald keine Rolle mehr. Nach harter Wochenarbeit gönnten sich die Herren ein Stück Vergnügen.

Wenn der ein oder andere seinen Alkoholpegel erreicht hatte, zog er kleinlaut davon.

Ein harter Kern blieb aber immer noch zusammen und der fand kein Ende.

Erst der Wirt musste ein Machtwort sprechen und den Aufbruch befehlen.

Aber da gab es noch die Gemeindedirektoren.

„Wir können noch verlegen, bei mir im Dorf ist immer noch das Wirtshaus auf“, sagte der „kleine Provinzfürst“.

Der Herr Verwaltungschef fuhr einen Ford Taunus 12 M. Die fünf Verbleibenden der Runde fanden darin bequem Platz. Dass er nicht mehr fahrtüchtig war, interessierte weder den Direktor noch die Mitfahrer. Sie brauchten ja nur wenige Kilometer zurückzulegen.

Die Fahrt blieb folgenlos; Verkehr herrschte im Dorfe sowieso nicht mehr. So parkte der Gemeindedirektor direkt vor der Dorfkneipe, wo tatsächlich noch nach Mitternacht ein Lichtlein brannte.

Die Überraschung gelang, als der Gemeindechef mit den Honoratioren der Stadt den Wirtsraum betrat.

Dort frönten noch der Dorfschullehrer, der Einzelpostenpolizist und der größte Bauer des Dorfes dem Alkohol und ließen sich von „Omma“ bedienen.

Die Gäste legten ihre Garderobe ab, wobei sie feststellten, dass an einem Haken die Dienstmütze des Polizisten, samt seinem Koppel mit Pistole hing. Das war aber nichts Besonderes, auch nicht, dass der Beamte in der Kneipe die Uniform trug. Er war ja immer im Dienst.

„Omma“ nannten alle die Wirtin. Nach dem Aussehen traf das bei der attraktiven Frau noch gar nicht zu. Aber ihr Sohn und Schwiegertochter heirateten in sehr frühen Jahren und alsbald stellte sich Nachwuchs ein, so dass die Bezeichnung korrekt war.

„Ommas“ Mann fiel in den letzten Kriegstagen. Seitdem bestritt sie ihren Lebensunterhalt von den Einnahmen des Dorfkruges. Den alten hinteren Saal hatte sie provisorisch umbauen lassen und er diente

Flüchtlingsfamilien als erste Unterkunft. Auch in der oberen Etage stellte sie Vertriebenen Räume zur Verfügung.

Das alte gediegene Mobiliar im Gastraum strahlte Gemütlichkeit aus. Alle Gäste fühlten sich hier wie zu Hause.

„Omma" war auch nicht prüde, sie konnte einen Klaps auf ihren Allerwertesten oder einen Busenstreichler durchaus vertragen. Das gehörte einfach dazu und war nicht anzüglich.

Die fünf Neuen setzten sich wie selbstverständlich zu den drei Stammgästen und schon wieder entstand eine Runde von „Hinterzimmer-Politikern".

Jeder schmiss mal eine Runde und hin und wieder sagte „Omma" auch, dass die Runde aufs Haus geht.

Um drei Uhr nachts verkündete der Dorfpolizist „Sperrstunde". Nicht, dass er so gesetzestreu war, nein, alle hatte den „Kanal" gestrichen voll. Ihr Zustand verlangte nur noch nach Aufbruch.

Die Wirtin bestellte eine Taxe, die die Gäste nach Hause befördern sollte. Aber nicht alle.

Der Dorflehrer, der Polizist, der Bauer und der Gemeindedirektor wohnten im Nahbereich und traten den Heimweg zu Fuß an, ebenso ein Ratsherr, der zwischen Dorf und Stadt etwa zwei Kilometer entfernt lebte. Er lallte, auch zu Fuß gehen zu wollen, blieb aber noch eine Weile im Gastraum sitzen.

Darüber machten sich beim Verabschieden die Übrigen lustig, denn ihrer Meinung nach wollte er mit „Omma“ noch ein Techtelmechtel anfangen. Aber die ließ ihn abblitzen.

So trat der Herr Ratsherr auch seinen Heimgang an.

Vor der Gaststätte lehnte am Zaun noch ein Mofa, eine schwarze Rabeneick, die sich der Ratsherr als Motorradliebhaber mit verklärtem Blick ansah.

Als er die Maschine so anstarrte, drehte er ohne zu denken den Sprithahn auf und bediente den Kickstarter. Siehe da, das Mofa lief.

Die zwei Kilometer erschienen ihm dann doch zu mühselig, so dass er beschloss, mit dem Mofa nach Hause zu fahren und am nächsten Tag die Maschine zurückzubringen.

Während der langsamen Fahrt merkte der Ratsherr seinen erheblichen Alkoholgenuss. Mit großen Schwierigkeiten gelang es ihm, einigermaßen gerade zu fahren.

In der stockfinsteren Nacht sah er sehr wenig, allerdings erkannte man ihn selbst überhaupt nicht, denn er hatte, um nicht auf sich aufmerksam zu machen, am Mofa keine Lichtquelle angeschaltet.

So fuhr er wie im Tran vor sich hin, bis aus dem Nichts ein Lastkraftwagen, der die einsame Landstraße befuhr, um von den Bauern die Milchkannen abzuholen, ihn erfasste.

Bei einem so heftigen Aufprall bestanden kaum Chancen, zu überleben.

Der LKW-Fahrer bremste sein Gefährt und stieg geschockt aus seinem Führerhaus. Nach wenigen Sekunden näherte sich ein PKW, dessen Fahrer Hilfe anbot.

Weit und breit war keine Telefonzelle und zur Benachrichtigung der Polizei fuhr der Helfer weiter zum Revier.

So stand der Milchwagenfahrer eine gefühlte Ewigkeit ganz allein an der Unfallstelle, immer mal wieder auf den offensichtlich toten Mofa-Fahrer blickend, der völlig entstellt unter dem Fahrzeug eingeklemmt lag.

Nach für ihn langen Minuten hörte er aus der Ferne Martinshorn und sah Blaulichter.

Für die Unfallaufnahme setzte die Polizei für mehrere Städte ein eigenes Unfallkommando ein, und zwar das Abschnittsverkehrskommando oder kurz AVK genannt.

In der Unfallaufnahme machte ihnen keiner etwas vor, spezialisierte Experten.

Nachdem sich die beiden Beamten einen Überblick verschafft hatten, hielt der ältere Beamte plötzlich vor Schreck seine Hände vors Gesicht.

Er musste etwas Entsetzliches gesehen haben und flüsterte dem jüngeren Beamten etwas zu.

Das Grauenvolle teilten sie dem Milchfahrer mit.

„Das ist ein dienstliches Polizei-Mofa und der Fahrer ist vermutlich der örtliche Dorfpolizist", sagte der ältere Beamte und fügte noch hinzu, „er war mein bester Freund, wir haben bei der Polizei alles gemeinsam gemacht".

Der jüngere Beamte entgegnete, dass es ihm allerdings wundere, dass er zivile Kleidung trage. Normalerweise hatte der alte Dorfgendarm immer Uniform an und wenn nicht, war der grüne Polizeitrainingsanzug seine Freizeitbekleidung.

Nach der Unfallaufnahme und der Räumung der Unfallstelle hatten die Beamten die traurige Pflicht, der Ehefrau des Beamten die Todesnachricht zu überbringen, eine der schrecklichsten polizeilichen Aufgaben.

Sie suchten das Einzelpostenbüro im Dorf auf, wo oben im Haus der Beamte mit Familie wohnte.

Nach mehrfachem Klingeln schloss die Frau des Dorfschutzmanns die Haustür auf.

„Moin Harald, haste einen Einsatz für Ulli? Der pennt noch seinen Rausch aus, soll ich ihn wecken?", murmelte die Ehefrau routinemäßig. Es kam häufiger vor, dass ihr Mann dienstlich nachts aus dem Bett geklingelt wurde.

„Almut, wir haben keine gute Nachricht, Ulrich ist…."

Plötzlich schallte es durchs Treppenhaus: „Almut, wer ist denn da?"

„Ulrich, bist du es?", schrie der ältere Beamte leicht erfreut aus voller Lunge zurück.

Dann klärten die beiden Beamten des AVD den Dorfgendarm auf.

Dieser kombinierte gleich und sagte, dass er sein Dienstmofa bei „Omma“ vor der Gaststätte abgestellt hatte und es offensichtlich benutzt wurde, vermutlich von dem letzten Gast, einem Ratsherrn aus der Innenstadt.

Die weiteren Ermittlungen bestätigten die Vermutung und die Unfallursache „Trunkenheit am Lenker“ war bei dem Blutprobenergebnis von 2,9 Promille eindeutig.

„Hinterzimmer-Politik“ kann auch für einen Alteingesessenen aus dem Kaff mal tödlich enden.

15.

Welten prallen aufeinander

Landwirt Artur, „Atze“, Brase aus einer Nebenstraße der Altstadt besaß noch einige Morgen Land außerhalb an der Bundesstraße. Zum Pflügen brach er im Frühjahr 1951 mit seinem Pferdefuhrwerk schon in aller Frühe auf. Er ahnte einen langen Arbeitstag voraus, so dass er von seiner Frau ein Brotpaket und eine Thermoskanne Tee mitbekam.

Zwanzig Minuten trotteten seine beiden Rappen bis zum Feld. Er ließ sie noch etwas grasen und schaute am Wegesrand nach, ob sein Nachbar, Landwirt Grote, wieder von seinem Acker Steine abgesucht hatte, die er gehässiger Weise an

Brases Auffahrt ablagerte. Im letzten Jahr ärgerte sich Brase fürchterlich darüber und beschwerte sich bei Grote.

Offensichtlich hatte der Appell Wirkung gezeigt, er fand keinen einzigen Felsbrocken.

Dafür stöberte er dort einen ungewöhnlichen Gegenstand auf.

Im hohen Gras zwischen Waldweg, Ackerrand und Bundesstraße erspähte Bauer Brase einen neuwertigen, schweinsledernen Damenkoffer.

Hatte ihn jemand verloren, versteckt oder vorübergehend bis zur Abholung deponiert? Beinhaltete er vielleicht Diebesbeute oder gar etwas

Unheilvolles? Alles möglich. Er nahm ihn an sich und lagerte den Koffer unter dem Kutschbock.

Als er mit dem Pflügen der Schollen begann, hatte er genügend Zeit zum Nachdenken.

Hinsichtlich des Fundkoffers ging ihm vieles durch den Kopf.

Sollte er ihn öffnen? Ist hier gar in der Nähe ein Verbrechen passiert und eine Leiche liegt am Wegesrand?

„Atze" Brase steigerte sich so sehr in ein mögliches Szenario, dass er gegen Mittag seine Arbeit unterbrach und schnurstracks mit dem Koffer zur Polizei fuhr.

Als er von seiner Entdeckung erzählte, reicherte er diese gleich mit seinen hinzugedichteten Fakten an. Die örtlichen Polizeibeamten konnten dem durchaus folgen und schalteten die Kripo aus der großen Stadt ein.

Die Ermittlungen nahmen Fahrt auf.

Der Inhalt des Koffers mit Reißverschluss, in der Größe von 60 mal 50 mal 18 Zentimetern, verbarg Gegenstände, die nicht zu einheimischen Mädchen oder Frauen passten.

Im Sicherstellungsprotokoll wurden sie präzise aufgelistet:

- ein Damenrock, grün Plissee,
- ein Damenpullover, gelb Mohair,
- gelbe Glacé-Handschuhe,

- ein Abendkleid, kastanienbraun und schwarz gemustert,
- eine durchsichtige lila Damenbluse,
- weiße Frottee-Handtücher,
- ein transparentes Negligé mit Spitzen,
- hautfarbene Seidenstrümpfe.

In den noch diskreteren Fächern vorgedrungen schrieb der aufnehmende Beamte im Protokoll noch harmlos das Wort Miederwaren, verfeinerte dies aber noch mit „Satin-Reizwäsche" und ein seidenes „Babydoll".

Eindeutig gehörte der Koffer mit dieser Bekleidungsauswahl keiner Weiblichkeit aus dem Kaff.

Anhaltspunkte für ein Verbrechen förderten die Kripo-Beamten der Stadt aber nicht zu Tage; also betrachteten sie es als Fundsache und gaben es den Kollegen des Polizeiabschnittes in der Provinz zurück.

Polizeimeister Karl Wöppelmann, der Name wurde nicht geändert, nahm sich der Sache an und ermittelte mühsam und umfangreich.

Die Aufklärung des Falles bereite ihm anfangs große Schwierigkeiten.

Bei gewissenhafter Durchsuchung des Inhaltes fanden sich bei genauerem Hinsehen doch einige Fingerzeige auf die Eigentümerin.

So fiel ihm ein Tagebuch mit einer Reihe von Adressen und Telefonnummern in die Hände; eine Rufnummer ließ sich aufgrund der Vorwahl der nahen Großstadt zuordnen.

Der Fernsprechteilnehmer war ein gebürtiger Amerikaner, der dort ein Ingenieurbüro unterhielt. Er konnte über Miss Bonnie Hudson, wohnhaft in Los Angeles 36 (California, USA) Auskunft geben, die vor drei Wochen von Studenten begleitet, mit dem Auto auf Deutschlandreise war.

Weitere Informationen hatte er nicht.

Zwischenzeitlich schrieb Polizeimeister Wöppelmann an eine im Notizbuch gefundene Adresse in Florenz, Via dei Servi, einen Brief. Und siehe da, den Namen hatte man dort schon gehört, verwies aber auf eine neue Anschrift Rue du Parc-Royal in Paris.

Kaff-Polizist Wöppelmann setzte seine internationalen Ermittlungen fort und die Eigentümerin meldete sich tatsächlich.

Sie studierte an der Sorbonne Philologie (Sprach- und Literaturwissenschaft).

Aus Paris erhielt der örtliche Beamte Post:

„Ihr nach Paris gesandtes Schreiben hat mich auf Umwegen erreicht und ich möchte Ihnen für Ihre Mühe danken. Ich bin sehr froh, dass sich mein

Koffer wiedergefunden hat und möchte Ihnen sofort eine Aufstellung des Inhalts geben..."

Beim Abgleich stellte Wöppelmann fest, dass nichts fehlte.

Doch wie gelangte der Koffer auf Bauer Brases Acker?

Wie sich inzwischen bei einer Rückfrage beim amerikanischen Konsulat in der Stadt ergeben hatte, erschien dort ein Mister Gill, der in Paris studierte, und zeigte den Diebstahl seines Koffers mit Herrenanzügen an. Dieser Student begleitete Miss Hudson in Deutschland.

Und so fand sich also des Rätsels Lösung:

Miss Bonnie suchte der Dieb in einem Hotel an der Autobahnabfahrt, wo alle Studenten übernachteten, ebenfalls heim, nur konnte er mit dem Inhalt ihres Koffers nichts anfangen.

Ratzfatz warf er ihn während der Flucht aus dem Auto direkt auf Bauer Brases Acker.

Ende gut, alles gut.

Eine amerikanische Transportgesellschaft stellte Miss Hudson den Koffer zu und zwar gleich nach Kalifornien.

Polizeimeister Karl Wöppelmann fand endlich seine Ruhe wieder und erhielt sogar für die hartnäckigen Ermittlungen von seinem Polizeichef eine Anerkennung.

Ein großer Artikel auf der ersten Seite in der örtlichen Zeitung würdigte die Arbeit des Polizeibeamten.

Bauer Brases Frau und Tochter waren an dem Inhalt des Koffers nicht interessiert. Die Sachen hätte man sowieso im Kaff nicht tragen können.

Allerdings gestand „Atze“ Brase bei seinem wöchentlichen Stammtisch ein, dass er schon gern gesehen hätte, wie seiner „Oldschen“, wie er seine Frau zu bezeichnen pflegte, gewisse intimere Bekleidungsstücke gestanden hätten.

16.

Von Katastrophe zu Katastrophe

Angehörige der deutschen Wehrmacht sprengten am 7. April 1945 die große Brücke über den städtischen Fluss, die Leine.

24 britische Soldaten fanden dabei den Tod.

Ein schreckliches, sinnloses und absolut vermeidbares Geschehen, was nur Trauer und Kummer verursachte, eine menschliche Tragödie und für viele Beteiligte und Unbeteiligte eine Katastrophe.

Zehn Monate später wiederum eine Katastrophe mit dem gleichen Gewässer, dieses Mal unvermeidbar, da nicht von Menschen herbeigeführt, sondern ein Naturereignis.

Heute reden die Einheimischen vom Jahrhunderthochwasser. Das Flussbett in der Stadt pendelte sich auf einen Wasserstand von über sieben Meter ein.

Ende Januar 1946 regnete es ununterbrochen. Die vorangegangene Frostperiode ließ das Wasser nicht versickern. Die Schneeschmelze in den Mittelgebirgen tat ihr Übriges. Selbst in der Marktstraße und ihren Nebenstraßen stand das Wasser in den Häusern. Am 11. Februar 1946 erreichte der Fluss seinen höchsten Stand.

Als wenn die Menschen vom Krieg nicht schon genug gebeutelt waren, kam nun auch noch diese schwere Zeit dazu. Es blieb den Bewohnern nichts anderes, als auch dieses Schicksal so gut wie möglich zu meistern.

Von überall her kamen die verheerenden Nachrichten. Häuser fielen in sich zusammen, Vieh ertrank, Hab und Gut ging verloren, Menschen froren und hungerten. Oft wurde das Wenige noch davongeschwemmt.

Natürlich fehlte es an vielen Dingen. Der Schwarzmarkt hatte Hochkonjunktur. Mit allem wurde gehandelt.

In Ausnahmefällen hatte das Davonschwimmen auch einen positiven Effekt.

So überflutete das Hochwasser in der nahen Großstadt ein riesiges Öl- und Benzinlager mit über 750.000 Behältnissen.

Diese trieben nun in großer Anzahl auf dem überfluteten Fluss.

Armut, Verzicht und Not machten erfinderisch und mutig.

Trotz Verbots durch die Besatzungsmacht gab es immer wieder Menschen, die vorbeitreibende Behältnisse „herausfischten“ und auf Fuhrwerken versteckten.

Sie nahmen das große Risiko auf sich und tarnten in Ställen und Unterschlüpfen die Fässer und Kanister.

Wer beste Verbindungen hatte, konnte damit ein gutes Geschäft machen.

Einige Landwirte des Kaffs, die schon motorisiert waren, nutzten ihre Verbindungen.

Bauer Dannenbring hatte ein besonderes Gefährt, was Einheimische schon eifersüchtig werden ließ, einen zugkräftigen Unimog mit kleiner Ladefläche.

Im vertraulichen Wirtshausgespräch berichtete er von einem Bekannten, der gegen Kartoffeln, gefüllte Dieselkanister abgeben würde.

Schon wurde ein Plan geschmiedet. Drei Landwirte schlossen sich zusammen. Jeder gab seinen Anteil an eingelagerten Kartoffeln. Auf der Ladefläche verstaut ging es einige Dörfer weiter. Trockenen Fußes suchten alle drei im Führerhaus des Unimog sitzend den Weg durch das Hochwasser.

Am Zielort brachten die schlitzohrigen Bauern und der gewitzte Hehler das Geschäft schnell unter Dach und Fach.

Das Abkippen der Kartoffeln ging zügig von der Hand,

die Beladung mit den Behältnissen gestaltete sich komplizierter. Ein hartes Stück Arbeit, sollten doch so viel Kanister wie möglich mitgenommen werden.

Sie entschlossen sich, die Kanister nicht aufrecht hinzustellen, sondern platzsparend flach zu stapeln.

Nach einer guten Stunde war die Ladefläche so gut wie möglich mit den artfremden Gütern gefüllt.

Mit Ladungssicherung hatten sie wenig im Sinn, aber mit Ladungstarnung umso mehr. Wie sollte man die Behältnisse umhüllen und geheim halten?

Ihnen fiel nur Stroh ein. Damit konnte man die Zwischenräume polstern und das Beschädigen durch Aneinanderstoßen verhindern, außerdem das Geheime mit einer Strohauflage und Stricken gut verbergen.

Langsam chauffierten sie ihre Benzinkutsche Richtung Heimat. Im Führerhaus stank es erbärmlich nach Kraftstoff.

Auf den Straßen fuhr keine Menschenseele, auch weil viele Wege nicht passierbar waren.

Nach einigen Kilometern schloss sich ihrer Fahrtrichtung ein englisches Besatzungsfahrzeug an.

„Bloß jetzt nicht auffallen", hieß ihre Parole. Gemächlich setzten sie ihre Fahrt fort.

Das Folgefahrzeug blieb aber hartnäckig hinter ihnen.

„Lasst uns auf irgendeinen Hof fahren und den LKW überholen lassen", schlug Bauer Dannenbring vor.

„Ach was, wir sind doch gleich zu Hause", erwiderten die Mitfahrer.

Trotz sehr langsamer Fahrt, überholte der LKW nicht, sondern kutschierte hinterher.

Geschafft!

Geblinkt und abgebogen auf Dannenbrings Grundstück.

Aber was war das, der LKW blinkte auch und folgte ihnen auf den Hof.

Die drei stiegen aus dem Führerhaus des Unimog und schon standen zwei Uniformierte neben ihnen.

Die Aufklärung:

Von der Ladefläche tropfte Kraftstoff herunter. Die aufmerksamen Besatzer bemerkten das Malheur und nahmen die Verfolgung auf. Offensichtlich hatte sich während der ruckeligen Fahrt ein Kanisterverschluss geöffnet.

Das Unheil nahm seinen Lauf. Die Angehörigen der Besatzungsmacht beschlagnahmten die Schmuggelware und fertigen eine Anzeige, die von der Militärregierung verfolgt wurde.

17.

Gefahr für die öffentliche Sicherheit

Matten-, Mattenherrn,
de Äppel un de Beern,
de mögen wi so geern,
lat uns nich so lange stohn,
wi mut noch ganz nach Köln gohn,
Köln is ne große Stadt,
da kriegen alle Kinder wat.

Mit diesem Gesang zogen Kindergruppen nach Einbruch der Dunkelheit in der Innenstadt von Haus zu Haus.

Nach Beendigung ihres Gesangs bekamen die Kleinen Geschenke.

Auf diesen evangelischen Brauch freuten sich am 10. November eines jeden Jahres, dem Geburtstag von Martin Luther, alle Knirpse.

Und wer nichts schenkte, den spielten die Sänger einen Streich oder stimmten einen neuen „Fluch"-Vers an:

„Witten Tweern,
schwatten Tweern,
ole Lüde geeft nich geern."

Die Mundart kam den einheimischen Kindern natürlich zu Gute. Vielfach sprachen sie in den Familien noch plattdeutsch, zumindest hörten sie den Snack im Kaff.

In erster Linie zogen die Gruppen durch die Marktstraße, weil dort die Geschäftsleute auch mal Brausepulver, Bonbons und andere Süßigkeiten spendierten. Aber auch die Wohn- und Ackerbürgerhäuser in den Nebenstraßen kamen nicht ungeschoren davon. Dort verschenkten die Bewohner tatsächlich überwiegend Äpfel und Birnen.

Angesteckt von dieser alten Tradition marschierten auch Kinderscharen durch die Straßen, die durch Kriegsumstände neu in der Stadt waren. Ihr Gesang hörte sich radebrechend an und sie verhaspelten sich oft.

Hin und wieder brachten sie in der Interpretation neue Varianten ein.

Gleichwohl erhielten sie Gaben.

Eine Vermischung der Kindergruppen fand nicht statt. So konnte man die einheimischen Kinder von den zugereisten unterscheiden.

Die letzteren hatten es vor allem bei den Wohnhäusern der Innenstadt schwerer und bekamen in der Regel keine Zuwendungen. Ab und an scheuchten die Genervten diese Kinder mit Unmutsäußerungen davon. Ihnen missfielen aus den merkwürdigsten Gründen diese „Neukinder", sie sprachen ein hartes, ungeordnetes Deutsch, hatten unaussprechliche Nachnamen mit c, z, y-Buchstaben, oftmals sogar hintereinander, die Anzahl der Kinder war hoch und sie wohnten in Baracken.

Selbstverständlich empfanden die Kinder das Verhalten der Alteingesessenen als unschön und beschimpften sie als Antwort.

Eine Gruppe bestand nur aus Geschwistern, drei Mädchen und drei Jungen, vom Kleinkindalter bis zum Jugendlichen.

Der Krieg verschlug sie mit ihren Eltern in den Westen. Rührend passten sie gegenseitig aufeinander auf, hielten zusammen, vor allem hatten alle einen Blick auf ihren ältesten Bruder, der geistig behindert war.

Der 15-jährige Ortwin, so sein Name, fuhr ständig mit seinem uralten Fahrrad unbeschwert, lebenslustig und immer gut gelaunt durch die leeren Gassen. Der Stadtbekannte winkte jedem zu und lachte dabei. Diese Verhaltensweisen erzeugten bei seinen Gegenübern die gleichen Gefühle, so dass man Ortwin auch immer fröhlich und heiter begegnete.

Er begleitete seine Geschwister auch beim Martinssingen. Den Text kannte er nicht, trug aber einzelne komische Wörter zum Lied bei. Und er hielt auch einen Beutel auf, wenn es Geschenke gab.

Den „Fluch"-Vers fand er besonders gut. Wenn er erschallte, grölte er mit tiefer Stimme „geeft nich geern" mit.

Und er trug noch etwas Besonderes unter dem Arm:

einen großen ausgehöhlten Kürbis mit eingeschnitzten Augen, Mund und Nase.

Beim Anstimmen des Missgesangs zog er ihn über den Kopf und erschrak damit die Leute, ohne zu wissen, dass er die Bewohner ängstigte.

Honoratioren trafen sich gelegentlich zu einem Stammtisch in einem Wirtshaus in der Marktstraße, unter anderem ein Zeitungsredakteur, der Polizeichef und der Amtsarzt.

Der Herr Redakteur hatte von Zeitungslesern gehört, wie unverschämt sich die Zugereisten benahmen, selbst Kinder beim Martinssingen.

Dies bestätigte der Polizeichef, und er berichtete von einem Vorfall, der seiner Wache gemeldet wurde:

„Eine Kindergruppe, alle aus einer Flüchtlingsfamilie, soll sehr aggressiv von Haus zu Haus gezogen sein und habe unter Androhung von Gewalt Geschenke erpressen wollen. Es waren auch ältere Jugendliche dabei, die dieses Verhalten durch verbale Unmutsäußerungen unterstützten.

Dabei ist insbesondere aufgefallen, dass ein geistig behinderter Jugendlicher dabei war, dessen Eltern offensichtlich ihre Aufsichtspflicht vernachlässigen, da er überwiegend von den Geschwistern begleitet wird. Eine Überprüfung, ob die öffentliche Sicherheit und Ordnung gewährleistet ist, scheint hier angemessen zu sein.“

Dies nahm der Amtsarzt, der gleichzeitig Leiter des Gesundheitsamtes war, auf und lud die Eltern mit ihrem ältesten Sohn vor.

Es kam wie es kommen musste. Fürsorglichere Eltern konnte man sich kaum vorstellen und sie taten alles für das Wohl ihrer Kinder. Gezeichnet von den Kriegswirren und der Flucht fühlten sie sich jetzt in dieser Stadt, die ihren Kindern ein friedliches Zuhause bot, überaus wohl. Beide Elternteile arbeiteten fleißig und die Kinder waren ihr ganzer Stolz, auch weil sie so sehr zusammenhielten.

Von dieser Familie, insbesondere mit ihrem Sohn Ortwin, ging eine Gefährdung der öffentlichen Sicherheit und Ordnung auf gar keinen Fall aus.

18.

Ein kurioser Gerichtstag

Ein Donnerstag im Jahre 1956. In beiden Sitzungssälen des Amtsgerichts der Stadt wurde verhandelt, den ganzen Tag im kurzen Takt.

Den Vorsitz im Saal 119 führt der Amtsgerichtsdirektor persönlich.

Heute logen die Angeklagten, dass sich die Balken des altehrwürdigen Hauses biegen mussten.

Der Gerichtspräsident der Großstadt ernannte Richter Brunke 1951 zum Direktor des örtlichen Amtsgerichts. Brunke war von kleiner, schmächtiger Gestalt und mit einer hohen, piepsigen Stimme ausgestattet.

Er verhandelte auch Verkehrssachen, obwohl er selbst keine Fahrerlaubnis besaß.

Heute nervten ihn die Geladenen, trotzdem führte er die Verhandlungen souverän wie immer.

Einen amtsbekannten Straftäter musste er mangels Beweisen freisprechen. Der dreiste Angeklagte forderte den Richter sogar zu mehr Beeilung auf, weil er noch ein Rendezvous hatte. Das brachte für Brunke das Fass zum Überlaufen.

Bevor er den Freispruch verkündete, ordnete er eine Pause an mit der Begründung, dass dies der Beurkundungsbeamtin nach Tarifrecht jetzt zustände.

Damit steigerte er noch die Spannung und ließ den Angeklagten zappeln.

Nach der Pause und der Urteilsverkündung ging es gleich mit der nächsten Anklage weiter, Trunkenheit im Verkehr.

Auch dieser Angeklagte stand nicht das erste Mal vor dem Amtsrichter. Insgesamt musste er schon fünfmal wegen des gleichen Deliktes erscheinen.

Den Aussagen der Polizeibeamten fehlte es an Beweiskraft. Den Angeklagten Franz G. hatten nämlich die Beamten nicht tatsächlich mit seinem Wagen fahren sehen.

Nach Aussage des Wirtes kehrte Franz G. circa vier Stunden bei ihm ein und trank etliche Biere und Weinbrände. Er zechte bis nach Mitternacht.

Dann wollte er zu Fuß seine circa 100 Meter entfernte Wohnung aufsuchen.

Nachts gegen 00.30 Uhr beobachteten zwei Polizeibeamte den Betroffenen vor seinem Haus, wie er aus dem Auto stieg.

Da der Motor und die Motorhaube warm waren und G. erheblich unter Alkoholeinfluss stand, hatte man von ihm eine Blutprobe genommen, die einen Wert von 2,1 Promille ergab.

Franz G. äußerte sich auch zum Sachverhalt und zwar zum Unmut des Amtsgerichtsdirektors: „Ich habe mein Auto von der Gaststätte die 100 Meter bis zu meiner Wohnung geschoben."

Brunke juchzte mit seiner hellen Stimme bei dieser Aussage auf. Er redete dem Angeklagten noch einmal ins Gewissen und forderte ihn zum Sprechen der Wahrheit auf. Dieser wich von seiner Version nicht ab.

So rechnete Franz G., der beruflich bei der Stadtverwaltung im Ordnungsamt für das Gaststättenwesen zuständig war, mit einem Freispruch wie in der Vorverhandlung und grinste sowohl die beiden Polizeibeamten als auch den Amtsgerichtsdirektor an.

Brunke schloss die Beweisaufnahme, sinnierte vor sich hin, dabei schrieb er einige Zeilen auf ein Blatt Papier vor ihm.

Dann stand er zur Urteilsverkündung auf:

„Im Namen des Volkes wird der Angeklagte wegen Trunkenheit im Verkehr im wiederholten Fall zu einer Geldstrafe von 30 Tagessätzen à 150 Mark verurteilt. Die Fahrerlaubnis wird ihm für die Dauer von fünf Jahren entzogen."

Das saß.

Grummeln im Gerichtssaal, der Verurteilte sprach das Wort Willkür aus, alle Beteiligten schauten sich erstaunt an.

Danach die kurze und knappe Begründung von Amtsgerichtsdirektor Brunke mit hoher piepsiger Stimme:

„100 Meter geschoben ist auch gefahren!"

Dieser eine Satz sollte viele Jahrzehnte ein geflügelter Ausspruch bei den Polizeibeamten des Reviers bleiben.

Hunderte Male wurde dieser Satz schon wiederholt und mit einem Lächeln die Geschichte erzählt.

Nach Aburteilung sollte der Tag noch eine Steigerung erfahren.

Im nächsten Fall ging es auch um Trunkenheit, Trunkenheit am Zügel. Sie haben richtig gelesen.

Ein traditionsreiches Baugeschäft in einer Gasse benutzte zum Transport von Maurerbedarf noch ein Pferdefuhrwerk, das zwei stattliche belgische Kaltblüter zogen.

Der Kutscher dieses großen Pferdefuhrwerkes mit offener Karosserie und riesiger Ladefläche ähnelte mit seinem bulligen Aussehen seinen Pferden.

Allerdings war er klein und gedrungen; ein waschechter Ostpreuße, der in seiner Heimat auf einem Trakehner-Gestüt gearbeitet hatte. Der Umgang mit Pferden lag ihm im Blut. Nun hatte er es nicht mehr mit warmblütigen Reitpferden zu tun, sondern mit kräftigen Arbeitspferden, er nannte sie seine Marjellchen.

Wegen einer besonderen Begierde stand er nun vor Gericht.

Dem emsigen Kutscher quälte ständig der Durst, vorzugsweise löschte er ihn mit Bier, am liebsten mit Lindener.

Nach getaner Arbeit kutschierte er sein Pferdegespann oder umgedreht, das Pferdegespann ihn, nach Hause.

Beim Einbiegen von der Marktstraße in eine Nebenstraße nahm er die Kurve zu eng, beziehungsweise seine breiten Kaltblüter. Überstehende Teile des geladenen Baugerüstes touchierten eine an der Ecke stehende Litfaßsäule. Eigentlich nicht so schlimm, wenn dort nicht das Mofa des Gewerbepolizisten geparkt hätte, der gerade den Kolonialwarenladen überprüfte.

Er sah aus dem Geschäft das Malheur und schritt sofort ein. Wie fast tagtäglich döste der Beschuldigte wieder sturzbetrunken auf dem Kutschbock.

Nun stand er vor dem Amtsrichter, der ihn ins Gebet nahm.

„Was haben Sie zu Ihrer Entlastung zu sagen?"

Der Kutscher war nicht auf den Mund gefallen und begann gleich mit seiner Einlassung:

„Ei, Herr Richter, ich muss den janzen Tach wurachen *(hart arbeiten)* und de Uhrzeijer tun noch mahnen, wenn se auf zwölf stehn. Zwischendurch trink ich e Tulpche Bier und bis abends habe ich einiges verlötet. Und haben die Färdchen erst Stallluft jähwittert, gein se ganz allene."

„Nun mal zur Sache, Angeklagter!", ermahnt Richter Brunke.

„Ei, Herr Richter, tu sie doch nicht lackmeiern. Aber i wo nei nich. Wenn ich sag würde, ich trink nichts mehr, dat höllt von twelf bet Meddach. Mi geht's wie dies Sprichwort:

Wenn wi starwe, si wi dodt, wenn wi backe, heww wi Brot, wenn wi brue heww wi Beer, wenn wi´t ut hebbe, wöll wi mer.

(Wenn wir sterben, sind wir tot, wenn wir backen, haben wir Brot, wenn wir brauen, haben wir Bier, wenn wir es aushaben, wollen wir mehr).“

„Ich bin auch sehr heimatverbunden, aber nun mal Schluss mit dem Ostpreußisch“, ermahnt Brunke nochmals.

„Ei, Herr Richter, wir kennen uns schon so lange und grüßen uns seit vielen Jahren auf der Straße. Sie wissen, dass ich ein fleißiger Mensch bin und nichts Unrechtes mache. Dass man bei dieser harten Arbeit schwitzt und Durst bekommt, ist normal. Ich trinke nun mal gerne Bier und kein Wasser.

Ich fahre in diesem Zustand auch kein Auto und gefährde keine Menschen. Das Pferdefuhrwerk brauche ich nicht mehr zu lenken. Den Weg nach Hause finden meine beiden Marjellchen selbstständig.

Sie waren nämlich auch fleißig und haben abends Hunger und Durst, da suchen sie ihren Stall von ganz alleine auf.

Diese beiden Kaltblüter haben ein ruhiges Temperament und ein hohes Gewicht. Die stürmen nicht davon. Sie trotten ruhig und gelassen zu ihrem Stall, ob ich da drauf sitze oder nicht. Deswegen können sie mich doch gar nicht verurteilen. Ich habe doch nichts gemacht.“

Plötzlich und unvermittelt entgegnet Brunke im besten ostpreußisch:

„Utred öss to allem goot, bloß nich tom schietegoane."

(„Ausreden sind zu allem gut, nur nicht zum Austreten.")

Erstaunen und ein Lächeln machten sich bei den Zuhörern im Gerichtssaal breit. Richter Brunke hatte offensichtlich, wie immer, die richtigen Worte gefunden.

Mit viel Verständnis fällte der Amtsgerichtsdirektor ein mildes Urteil.

In seiner Begründung sagte er aber, dass es nie ein selbstfahrendes Gefährt geben werde. Immer nehmen Menschen auf Fahrzeuge Einfluss und diese müssen körperlich und geistig für das Führen geeignet sein.

Richter Brunke konnte nicht ahnen, dass es sechzig Jahre später selbstfahrende PKW mit Autopilot und Radar- sowie Kamerasensoren sowie Assistenzsystemen für autonomes Fahren, sogenanntes „Intelligent Drive" geben wird.

In der Hinsicht war unser Gespannführer doch seiner Zeit weit voraus. Er wusste bereits, dass es Fahrzeuge gibt, die ohne Einfluss eines menschlichen Fahrers fahren, steuern und einparken können.

19.

Nun reicht es

Fischers Wilhelm, genannt Willi, und seine Frau Wilhelmine, genannt Minna, waren wie für einander gemacht, so sagten es die Nachbarn, und die mussten es wissen.

Willi und Minna wuchsen schon als Kinder zusammen auf. Die beiden Ackerbürgerhäuser ihrer Eltern grenzten nämlich aneinander.

Aber den Ausspruch meinten die Nachbarn auch etwas ironisch. Beide Familien waren wirtschaftlich gut gestellt und die Einheimischen formulierten den Ausspruch, Geld kommt zu Geld.

Als sie die zwanzig Lenze erreichten, überraschte es niemanden in der Stadt, dass sie sich verlobten und ein Jahr später heirateten.

Sie verkörperten auch äußerlich ein hübsches Paar, eben wie für einander vorgesehen.

Beide dachten sehr fortschrittlich und zukunftsorientiert.

Mit ihren finanziellen Möglichkeiten gingen sie zwar vorsichtig um, investierten allerdings überlegt und weitblickend.

Für eine gute Geldanlage hielten sie den Erwerb des Führerscheines, auch für Minna, für die damalige Zeit außergewöhnlich.

Sehr überlegt, motorisierten sie nach und nach ihre landwirtschaftlichen Hilfsmittel.

Dem Pferdegespann wich ein Trecker und die Leiterwagen wurden gegen moderne Anhänger ausgetauscht.

Desgleichen modernisierten sie das Ackerbürgerhaus, in dem Wilhelm geboren wurde und sie nun bewohnten. Nach einem großzügigen Umbau erkannten die Einheimischen das Gebäude mit neuen Fenstern und Haustüren nicht wieder.

Die Einrichtung im Wohnhaus brachten die beiden auf den neuesten Stand. Wohnzimmer und Küche versprühten Eleganz und Komfort, um die sie viele Besucher beneideten.

Zu einem neuzeitlichen Haushalt gehörte auch ein Telefon, für das Kaff eine riesige Errungenschaft.

Hatten die Nachbarn „Not am Mann“ und es musste jemand fernmündlich verständigt werden, besuchten sie flehentlich das Ehepaar Fischer als erste Anlaufadresse.

Als Höhepunkt leisteten sich Fischers als Erste in der Straße einen Fernseher.

Mit ausgesuchten Nachbarn verfolgten sie vor dem Gerät 1953 live die Krönung von Elisabeth II, für alle ein unvergessliches Erlebnis.

Einen Faible hatte Willi für Autos. Neben seinem landwirtschaftlichen Fuhrpark musste auch ein PKW in der Scheune stehen.

Eine tägliche Benutzung kam selbstverständlich nicht infrage. In der Regel blieb es bei Fahrten am Wochenende. Dann machten sich beide hübsch und fuhren über Land.

Willi überwiegend in Grün gekleidet mit Lodenjoppe und Prinz-Heinrich-Mütze und im Mund die übliche Pfeife.

Minna putzte sich noch mehr heraus. Sie trug oft ein fesches, blumiges Kleid, mit etwas tieferem Dekolletee, das ihre üppige Oberweite betonte, dazu als Kopfbedeckung einen riesigen, breitkrempigen Hut. Der stand ihr mit ihren langen schwarzen Haaren besonders gut.

Die Nachbarschaft schaute immer mit Argusaugen auf Fischers, gaben sie doch den Mode-Look im Kaff vor.

Willi und Minna lebten gut und ließen sich die Annehmlichkeiten gefallen.

Mit dem Blick auf das Kommende erwies es sich als bauernschlau und nützlich, das alte Ackerbürgerhaus von Minnas Eltern abzureißen. Weichen mussten in diesem Zusammenhang auch die dahinterliegenden Stallungen und Schuppen.

Die zukünftigen Mieter waren insbesondere von Willi handverlesen. Nicht das Fischers die Einheimischen bevorzugten, das war nicht ihr Kriterium. Sie nahmen auch Flüchtlinge als Mieter. Bei entsprechenden Bewerbern favorisierte Willi Polizeibeamte, da damit verbunden nicht nur die Miete gesichert war, sondern nach seinen Vorstellungen auch Ordnung im Haus herrschte.

Neid kam bei den Nachbarn nicht auf, sie gönnten Fischers das schöne Leben.

Willi und Minna blieben sozusagen auf dem Teppich und hielten gutnachbarlichen Kontakt, auch zu den Alteingesessenen.

Ganz hoch rechnete man dem Paar an, dass sie ihre Erntehelfer bestens entlohnten.

Gerade minderbemittelte Flüchtlingsfamilien bewarben sich bei ihnen und wurden gern genommen.

Bei Fischers helfen, hieß gutes Essen und mehr Geld als woanders.

So kam das glückliche Paar in die Jahre und die Gesundheit, insbesondere von Willi, machte nicht mehr so richtig mit.

Er dachte viel an die Zeit, wo ihre einzige Tochter Gertrud den Hof übernehmen würde. Fischers bereiteten sie mit dem Besuch der Hauswirtschaftsschule, im Volksmund Puddingschule genannt, darauf vor.

Willi verwirklichte sein Leben lang sehr erfolgreich die verrücktesten Ideen.

Nur ein Gedanke ließ ihn zur damaligen Zeit nicht zur Ruhe kommen.

In Absprache mit Minna kaufte sich Willi einen nagelneuen silbernen BMW, und zwar das Modell 502, genannt „Barockengel". Ein Fahrzeug der Oberklasse, schon fast

eine Staatskarosse, ein Achtzylinder mit 100 PS, sehr repräsentativ. Der Preis war enorm: 17.000 Mark.

Willi fuhr damit durch die Stadt, auf und ab, mal hupte er Bekannten zu, dann wieder zeigte er ihn langsam fahrend in der Marktstraße. Minna chauffierte er durch die Nebenstraßen, die wie Königin Elisabeth II locker mit einer Hand ihren Untertanen zuwinkte. Der Stolz war beiden ins Gesicht geschrieben. Er führte sein neues Gefährt aber nur diesen einzigen Tag vor, danach verschwand der BMW spurlos.

Selbstverständlich wuchs die Neugierde in der Bevölkerung, welchen Zweck verfolgte er damit? Zahlte er die fälligen Raten nicht und das Autohaus holte ihn wieder ab? Lag Betrug vor und die Polizei stellte das Fahrzeug sicher? War der BMW gestohlen worden? Lieh er den Wagen nur aus, um ihn den Einheimischen einmal zur Schau zu stellen?

Diese Seite kannten sie aber von Willi nicht.

Ein anderer, vielleicht gewitzterer, Grund musste vorliegen.

Die Alteingesessenen schätzten Willi richtig ein und er lüftete alsbald das Geheimnis.

Fischers Willi kaufte sich den teuren Wagen und fuhr nur wenige Kilometer damit, um ihn in seiner Scheune „einzumotten“, so nannte er dies. Er wickelte den Wagen fein säuberlich schonend als Geldanlage ein. Willi meinte, dass im Laufe der Jahre der Wert dieses unbenutzten Wagens steigen würde.

...und, um es vorweg zu nehmen, er hatte recht. Viele Jahre nach seinem Tod verkauften seine Erben den Wagen für ein Vielfaches an einen reichen, bekannten Industriellen in der Nachbarstadt.

Eine weitere Überraschung hatte Willi aber auch noch parat.

Nachdem er vergnüglich den Wagen durch die Stadt kutschiert hatte, ging er zur Polizei und gab freiwillig seinen Führerschein ab.

Er hatte sich seinen sehnlichsten Wunsch, die Fahrt mit dem BMW 502, erfüllt, fühlte sich im Alter nicht mehr fahrtauglich und wollte das Risiko einer Unfallverursachung nicht eingehen.

Er betrat das Polizeirevier mit den Worten „Nun reicht´s.“ und übergab seinen Führerschein einem Beamten, der auch gleichzeitig Mieter in seinem Haus war.

Der respektierte Willis Entscheidung mit Hochachtung und empfand sein Verhalten als vorbildlich. Dies tat er auch in einer Meldung der örtlichen Zeitung kund.

20.

Komplizierte Eheschließung

Die überschaubare Anzahl Alteingesessener lebte fast lethargisch vor sich hin, in Frieden, Genügsamkeit und Anspruchslosigkeit und mit sich und den Nachbarn im Reinen. Was es zu regeln gab, regelte man unter sich. Fremder Hilfe bedurfte man nicht, gleichwohl erkannten die Einheimischen die Staatsgewalt, sprich die Polizei, mit Respekt und Ergebenheit bedenkenlos an. Ihr zu widersprechen, empfanden sie als ungehörig.

Auch waren die Beamten in Zeiten des Bevölkerungswachstums durch die zugereisten Fremden ein Garant für Sicherheit.

Andererseits verlangte man auch von seinem Dorfgendarmen ein tadelloses Verhalten und einen guten Ruf. Schließlich sahen die Hiesigen die Polizei als das Aushängeschild der Stadt an.

Dies hatte der Dienstherr zu gewährleisten und das Ansehen des Beamten war ihm ein hohes Gut. Entsprechend nahm der Vorgesetzte seine Dienstaufsicht streng und unnachgiebig wahr.

Ein junger Mann wurde im Jahre 1925 in einem Nachbarort geboren. Mit dem Zweiten Weltkrieg kam er noch als Jugendlicher in Kontakt. Mit 15 Jahren besuchte er eine allgemeinbildende Schule der Wehrmacht und zwar die Heeresunteroffiziers-Vorschule.

Mit fast 18 Jahren berief man ihn zur Wehrmacht ein. Nach einer einjährigen Ausbildung folgte schon der Fronteinsatz, dabei trug er zwei Verwundungen davon.

1945 nahmen ihn die englischen Besatzer gefangen und entließen ihn Mitte des Jahres.

Fortan arbeitete er bei seinem Onkel in einem Nachbardorf der Innenstadt in der Landwirtschaft.

Der Heranwachsende strebte allerdings eine Beamtenlaufbahn an. Er bewarb sich im Herbst 1945 für den aktiven Polizeidienst.

Der junge Mann gab an, nicht Mitglied der Partei gewesen zu sein, aber bis Anfang 1940 Angehöriger der Hitler-Jugend.

Nachdem er alle Formalitäten erfüllte, dazu gehörte unter anderem eine Aufnahmeprüfung und zuvor die Vorlage eines Bescheides, worin festgestellt wurde, dass die genannte Person vom Entnazifizierungsrecht nicht betroffen war, wurde er eingestellt.

Mit Genehmigung der Militärregierung wurde mit Wirkung vom 1. November 1946 der junge Mann namens Walter Holzmüller zum Polizeianwärter ernannt.

Nach seiner Ausbildung setzte ihn der Dienstherr als Polizeiwachtmeister beim Polizeiabschnitt des Kaffs ein.

In der Innenstadt hatte er einen schweren Stand.

Sein Vorgesetzter schrieb in einem Bericht:

„Abgesehen von seiner Neigung zur Besserwisserei im innerlichen Verkehr hat er es im Umgang mit dem Publikum an Zurückhaltung und Takt fehlen lassen, durch sein anmaßendes, wichtigtuerisches Auftreten hat er entsprechende Ablehnung bei der alteingesessenen Bevölkerung erfahren und somit das Verhältnis der Polizei zu der hiesigen, ohnehin recht kritischen Einwohnerschaft, erheblich belastet. Ich versetzte den Beamten daher gegen seinen Willen in die Nachbarstadt."

Dort fühlte sich Walter Holzmüller sehr unwohl. Er gehörte nach seiner Meinung zu den Honoratioren des Kaffs.

Deswegen schrieb er 1950 ein Versetzungsgesuch zurück in seinen Heimatort.

Er wusste, dass er gute Argumente dafür vorbringen musste. So wurde das Versetzungsgesuch ein langes, mit etlichen Gründen angereichertes Schreiben.

Der Wachtmeister hatte eine Braut in der Innenstadt, nahe der Hauptkreuzung der Bundesstraße. Das Mädchen gehörte einer angesehenen, wohlhabenden und überaus einflussreichen Familie an, die im Kfz-Wesen, und zwar in der Reparatur und im Neuwagenverkauf, tätig war und der Innung vorstand.

In seinem Gesuch schrieb er:

„Ich beabsichtige Fräulein Ilse Dahle zu heiraten. Meine zukünftige Schwiegermutter würde uns eine Wohnung im Haus in der Marktstraße zuweisen.

Außerdem hätte ich auf dem Grundstück meiner Schwiegermutter einen eigenen Garten zu betreuen.

Durch die schlechte Zugverbindung zur Nachbarstadt entstehen mir erhebliche Mehrkosten für die doppelte Haushaltsführung. Eine Trennungsentschädigung hat mir die Verwaltungsstelle des Polizeikreises nicht gewährt.

Abschließend möchte ich noch erwähnen, dass meine Schwiegermutter durch einen erlittenen Schlaganfall rechtsseitig gelähmt ist. Sie befindet sich in steter ärztlicher Behandlung und ist zeitweise bettlägerig. Dadurch ist sie auf die alleinige Hilfe und Unterstützung meiner Braut, die ihre einzige Tochter ist, angewiesen.

Mein Schwiegervater ist im Herbst 1949 verstorben.

Ich bitte aus den angeführten Gründen mein Gesuch zu befürworten und genehmigen zu wollen."

Mit der nächsten Verfügung des „Chefs der Polizei im Polizeibezirk" überraschte man den Wachtmeister.

Holzmüller sollte erst einmal an den Dienstherrn einen Antrag stellen, ob er Fräulein Ilse Dahle überhaupt heiraten darf.

Der Bürokratie frönend sollte dem Antrag ein mehrseitiger Vordruck, peinlich genau ausgefüllt, beigefügt werden.

In dem Vordruck stellte die vorgesetzte Dienststelle sehr persönliche Fragen, zum Beispiel über wirtschaftliche und gesundheitliche Erkenntnisse, Nachteiliges über das Vorleben sowie über dem Ruf in der Stadt.

Dass der Dienstherr seiner Heirat mit Ilse zustimmen musste, wusste Walter nicht und überraschte ihn völlig.

Nachdem Walter Holzmüller dies alles genau dem Dienstherrn mitgeteilt hatte, stimmte er nach eingehender Prüfung der Eheschließung zu.

Nach wenigen Wochen schrieb Wachtmeister Holzmüller:

„Ich melde, dass ich im April 1950 vor dem Standesamt die Ehe mit Ilse Dahle geschlossen habe.

Eine Heiratsurkunde füge ich in der Anlage bei."

Nur wenige Monate später erinnerte Holzmüller noch einmal an sein Versetzungsgesuch in das Kaff und erhielt folgende Antwort:

„Ich kann seine Rückversetzung derzeit noch nicht befürworten. Wenn H. sich in seinem Auftreten gründlich und nachhaltig umstellt, dürfte seine Rückversetzung in etwa ein bis zwei Jahren vertretbar sein."

Tatsächlich wurde der zwischenzeitlich zum Hauptwachtmeister Beförderte nach drei Jahren in seine Heimatstadt zurückversetzt.

Dort blieb er aber nicht lange.

Er kletterte die Karriereleiter unaufhörlich empor.

Der Aufstieg in den gehobenen Polizeidienst stand bald an und es sollte noch ein weiterer Aufstieg in den höheren Dienst folgen.

Die Hierarchien erklomm er atemberaubend schnell bis ins Innenministerium.

1985 wurde er, der Wachtmeister aus dem kleinen Kaff, als einer der ranghöchsten Polizeibeamten des Bundeslandes pensioniert.

Die Verbindung zu seiner örtlichen Polizei in der Innenstadt hielt er als alter Einheimischer bis ins hohe Alter aufrecht. Als Würdigung seiner Verdienste nahm der aktuelle Polizeichef beim Betreten der Wache „Haltung an“ und machte dem Pensionär mit einem verschmitzten Lächeln eine Meldung. Er genoss den Gag.

21.

Gewogen und für zu leicht befunden

Während des Krieges litten die Menschen im Kaff wirtschaftlich nicht übermäßig Not, aber Entbehrungen mussten auch sie hinnehmen.

Einen gewaltigen Aufschwung verspürte das ganze Land in der unmittelbaren Nachkriegszeit.

Mit dem sogenannten Wirtschaftswunder ging es aufwärts, auch auf diesem Flecken Erde.

Die Läden und Märkte boten genügend Lebensmittel für alle an. Nach dem gigantischen Anstieg der Einwohnerzahl durch die Flüchtlinge entpuppten sich diese glücklichen Umstände als notwendig und lebenswichtig.

Bei der Kontrolle dieser Läden und Verkaufsstände traf man zu jener Zeit noch eine Besonderheit an, die aus der Historie entstammte, den Gewerbepolizisten.

Er schaute unter anderem den Lebensmittelhändlern, den Schlachtern und den Betreibern von Gast- und Schankwirtschaften auf die Finger. Beispielsweise überprüfte der Beamte die Einhaltung der Öffnungszeiten, Maße, Gewichte und die Kennzeichnung von Waren. „Schwarz"-Schlachten hatte er genauso im Blick wie die Schwarzarbeit.

Beim Polizeiabschnitt hieß der zuständige Polizeihauptmeister Alfred Schliski, auch dieser Name des Beamten wurde nicht geändert. Ein stattlicher Mann, großgewachsen, schlank, mit akkurater Uniform. Wie sein Name verraten könnte, kam auch er aus den deutschen Ostgebieten in das Kaff.

Mit seiner ruhigen, sachlichen Art konnte er schon Respekt einflößen.

Er schaute im Milchladen genauso vorbei wie beim Bäcker oder Gastwirt.

Die Vormittage am Freitag hielt er sich frei. Es war Markttag, ein traditioneller Treffpunkt aller Bewohner, ob Einheimische oder Flüchtlinge, ein wöchentliches Großereignis. Hier sahen die Besucher viel und wurden gesehen.

Anfangs fand er auf dem Marktplatz statt. Ursprünglich umrahmten dieses Areal mächtige Wallanlage. Die Erdmassen schoben englische Pioniereinheiten im Jahre 1951 in die vorgelagerten Gräben.

So entstand ein riesiger Schotterplatz, auf dem Kinder tollen und mit dem Ball bolzen konnten. Auf dieser Örtlichkeit hielt die Stadt auch die jährlichen Frühjahrs- und Herbstmärkte ab, auch Zirkusse gastierten dort. Später legten Gartenarchitekten hier eine Parkanlage für Erholungsuchende an.

In der Folge siedelte das Ordnungsamt den Wochenmarkt auf das Gelände hinter dem neuen Kino um, dem Standort der heutigen Wasserkugel.

Den Marktbetrieb prägten schreiende Händler wie der billige Jakob, Aale-Wilhelm, Bananen-Klaus oder Blumen-Franz.

Erwerben konnten die Kunden was das Herz begehrte: von Socken, Blusen, Kittel über Besen, Bohnerwachs und Blumen. Auch der Scherenschleifer bot seine Dienste an.

Natürlich offerierten auch die hiesigen Landwirte ihre angebauten Erzeugnisse.

Neben dem Marktmeister, übrigens mein Großvater, der beim Standaufbau für Ordnung sorgte und die Standgebühr erhob, führte Polizeihauptmeister Schliski seine Marktstreife durch.

Bekannt wie ein bunter Hund hofierten die Marktbeschicker ihn. Freundlich gesonnen erzählten sie ihm mal einen Witz oder schenkten ihm eine Kirsche, um ihn gnädig zu stimmen.

So schritt er durch die Händlerreihen, ständig die Übersicht behaltend, allein durch seine stattliche Größe.

Hier mal kurz anhalten, dort mal eine Nachfrage, gelegentlich Hinweise gebend, wenn es sein musste, auch mal mit einer Verwarnung ahndend.

Sein Augenmerk galt in erster Linie aber wenigen „schwarzen Schafen". Die Erkenntnisse über diese wurden ihm über seltsame Wege zugetragen.

„Kahles Eduard soll bei den Obst- und Gemüsemengen schummeln", flüsterte ihm vertraulich ein missgünstiger Bauer ins Ohr.

Schliski bezog bei derartigen Andeutungen immer den Marktmeister mit ein.

An diesem schönen Spätsommerfreitag schoben sich dichtgedrängt die Konsumenten durch die Marktgänge. Sie tratschten und lachten, tauschten die neusten Gerüchte aus, zogen über andere her, berichteten über Krankheiten und die Händler schrien ihre Sprüche zum Kaufanreiz, ein Sonderangebot überbot das andere.

Die Hausfrauen beobachteten aus den Augenwinkeln, was wohl die Nachbarin kaufte.

Mittendrin der „Funkturm" Schliski, der sich dem Verkaufsstand von Kahles „Edu" näherte. Dieser hatte Schliski ebenfalls ins Visier genommen, tat aber so, als wenn er ihn nicht wahrgenommen hätte und bot bölkend seine Waren an.

„Frische Brechbohnen heute im Angebot, bei fünf Kilo gibt es ein Kilo geschenkt dazu." „Frische Gurken zum Einkochen." „Rotwurst und Knappwurst aus eigener Herstellung."

Nebenbei tuschelte er mit seiner Verkaufskraft, der kleinen, runden Wilma Klimke, die ihm seit einigen Monaten auch auf dem Hof zur Hand ging.

Wilma Klimke war die Witwe von Heinrich, dem unglücklichen Arbeiter vom städtischen Bauhof, der den Freitod im Fluss wählte, wie ich anfangs in einem Fall bereits schilderte.

„Moin Herr Kahle, heute will ich mal bei Ihnen genauer hinschauen!", sagte Schliski. „Tun Sie sich keinen Zwang an, bei mir geht alles sowieso mit rechten Dingen zu. Da werden Sie nichts finden. Wenn Sie Fragen haben, steht Frau Klimke zur

Verfügung, ich muss weiter Geld verdienen“, entfuhr es Bauer Kahle recht barsch.

Ganz gezielt schaute sich Schliski die Gewichte an. Alles was Kahle verkaufte, kam vorher auf die Waage.

An Kahles Stand wogen die Verkäufer mit einer Balkenwaage, für größere Lasten hielt er auf der Erde noch eine Dezimalwaage vor.

Verlangte ein Kunde ein Kilo Birnen, so wurde zuerst ein 1-kg-Gewichtsstück auf die Waage gelegt und dann die andere Schale solange mit Birnen aufgefüllt, bis die ein Kilo überschritten waren. Der Kunde schaute dabei genau zu und zahlte für ein Kilo.

Die Dezimalwaage, auch Sack- oder Kartoffelwaage genannt, nutzte Kahle für größere Mengen. Nur ein Teil des Gewichtes des Wägeguts wurde auf den Hebelarm übertragen, und zwar so, dass auf der anderen Seite des Balkens ein Zehntel des Gewichts zum Ausgleich ausreichte.

Kahle benutzte Gussgewichte aber auch Messinggewichte, die er griffbereit neben der Waage platziert hatte.

Zu Schliskis Handwerkzeug gehörten auch geeichte Gewichtsstücke.

Mit diesen konnte er die von Bauer Kahle vergleichen.

„Na, Herr Gewerbebeamter, ist alles bei mir in Ordnung?“, fragte Kahle.

„Keinerlei Einwände Herr Kahle, die Gewichte sind alle in der Norm", musste Schliski antworten.

So zog der Hauptmeister weiter seine Runde auf dem Markt. Da er zufällig dem Marktmeister begegnete, berichtete der Polizeibeamte von seiner Kontrolle.

Als der Marktmeister dies nun hörte, fragte er den Beamten, ob er auch die Gewichtsstücke unter dem Tresen gesehen und überprüft hätte. Der Marktmeister sah sie zufällig, als der Bauer die Standgebühr aus einer Extrakasse unterhalb des Markttisches nahm.

Das ärgerte Schliski und schnurstracks kehrte er um und kreuzte überraschend wieder bei Kahle auf. Auch der erschrak und stand da, wie vom Blitz getroffen. Er stotterte vor sich hin, ob der Herr Beamte etwas vergessen hätte.

„Jawohl, ich habe etwas vergessen, Herr Kahle, nämlich die Gewichte unter Ihrem Tisch zu überprüfen."

Leichenblass standen „Edu" Kahle und seine Bedienung Wilma Klimke hinter dem Tresen. Alles um sie herum schien zu verschwinden. Die Kunden konnten sie nicht mehr bedienen.

Mit einem Ruck hob Schliski die Plane des Verkaufstresens hoch und schon fand er weitere Gewichtsstücke.

Gleich die ersten Gewichte schienen im Gegensatz zu seinen geeichten viel leichter. Eines nach dem anderen wurde gewogen und für zu leicht befunden.

Kahle stand mit offenem Mund und gesenktem Haupt bedröppelt daneben.

Schliski schaute ihn vorwurfsvoll an und fragte von oben herab: „Und?“

Kahle erkannte die Situation als aussichtslos und sah nur noch die Flucht nach vorn.

„Herr Wachtmeister, ich möchte ein Geständnis ablegen. Ich habe die Gewichte bei den Plomben aufgebohrt und sie anschließend „erleichtert“. Mein Hof ist alt, ich musste die Ställe erneuern und Geräte anschaffen. Ich brauchte dafür Geld und habe meine Kunden betrogen. Ich bin ein Schweinehund. Ich gebe alles zu. Ich will jede Strafe zahlen, aber erzählen Sie es keinem. Ich bin sonst ruiniert. Mein guter Ruf ist futsch und keiner kauft mehr etwas von mir. Um Gottes willen, sagen Sie niemandem etwas davon.“

Kahle bettelte und wimmerte. Polizeihauptmeister Schliski erfüllte aber seine Pflicht.

Er beschlagnahmte die Gewichte als Beweismittel und schrieb eine Anzeige.

Auch in einem Kaff, wo jeder vom anderen alles weiß, gibt es Geheimnisse. Der Vorfall blieb tatsächlich in der Bevölkerung unbekannt.

22.

Der Widerstandsbeamte

Eugen Schramm erblickte 1905 in Elbing das Licht der Welt. 1936 trat der großgewachsene Mann in die Polizei ein. Er besuchte als Anwärter die Polizeischule in Olmütz, genauer gesagt das Ausbildungs-Bataillon 321 Böhmen-Mähren. Danach verläuft sich seine Biographie; als Heimatdienststelle wird in seiner Personalakte lediglich Breslau angegeben.

Erst im Jahre 1941 konkretisierte sich sein Lebenslauf wieder. Am 21. Dezember 1941 ernannte ihn sein Vorgesetzter im Namen des Führers, wie es in der Beförderungsurkunde heißt, zum Oberwachtmeister der Schutzpolizei. „Zugleich darf er des besonderen Schutzes des Führers sicher sein", wie die Urkunde endet. Unterschrieben ist sie vom Reichsminister des Inneren.

Ab 1942 befand sich Schramm im auswärtigen Einsatz, wie es förmlich in seiner Akte steht. Er wurde der Sicherungs-Division AK 207 in Litauen, der AK 281 in Lettland, der AK 181 in Estland und bei Unterstellung der ID 81 in Nordrussland zugeordnet. Auch beteiligte er sich in dieser Zeit an Angriffs- und Abwehrkämpfen südlich des Ilmensees.

Aufgrund hervorragender Beurteilungen wurde er 1943 sogar zum Zugwachtmeister der Schutzpolizei befördert. Er war hinsichtlich

Tapferkeit, Engagement und Leistungsbereitschaft das „Aushängeschild“ seiner Division. Seine dienstlichen Leistungen bewerteten seine Vorgesetzten mit weit über dem Durchschnitt.

Nach sogenannter Neuaufstellung und weiterer Ausbildung versah er Kriegsdienst in Südnorwegen. Bis zur Kapitulation war er als Angehöriger des II./Pol. 27 bis zum 8.5.1945 im Einsatz.

Darauf folgte in Norwegen bis Mitte 1946 seine Kriegsgefangenschaft.

An dieser Stelle muss die Frage gestellt werden, ob ähnliche Lebensläufe viele Polizeibeamte nach dem Krieg vorweisen konnten oder ob Schramm die Ausnahme war?

Im Jahre 1947 bewarb er sich wieder bei der Polizei. Er besuchte ein Jahr die Polizeischule, bestand aber den Lehrgang nicht. Es wurde ihm bescheinigt, dass die gezeigten Dienstleistungen weit unter dem Durchschnitt lagen.

„Ihr gesamtes Verhalten und Auftreten lässt den Schluss zu, dass Sie dem Polizeidienst nicht das erforderliche Interesse entgegenzubringen scheinen. Ich hoffe, dass dieser Hinweis genügen wird, Sie zu besseren Leistungen anzuspornen, andernfalls sehe ich mich genötigt, Sie wegen Ungeeignetheit aus dem Polizeidienst zu entlassen“, steht in einem Schreiben des Leiters des Polizeiamtes.

Was war mit Schramm geschehen, dem man während des Krieges noch beste Noten ausstellte?

1948 wiederholte er den Grundlehrgang und bestand ihn mit Ach und Krach.

„Schramm nahm an dem Wiederholungslehrgang mit Erfolg teil. Auch wenn er geistig schwerfällig ist und eine schwere Auffassungsgabe hat, so ist er doch auf der anderen Seite immer willig, diensteifrig und bemüht gewesen, die an ihn gestellten Anforderungen pünktlich und gewissenhaft zu erfüllen. Ich habe den Eindruck, dass Schramm doch noch ein brauchbarer Polizeibeamter zu werden verspricht", schrieb ein Polizeioberinspektor.

In einer Versetzungsverfügung steht:

„Mit Genehmigung der Militärregierung berufe ich Sie mit Wirkung 01.09.1948 auf jederzeitigen Widerruf als Bezirks-Wachtmeister der Polizei in eine Planstelle der Polizei an Ihrem Wohnort."

Und der Wohnort war das Kaff.

Schramm bewältigte anfangs unauffällig seinen Dienst.

Von seiner 1937 geheirateten Frau ließ er sich 1950 scheiden. Sie hatten sich in den Kriegswirren auseinandergelebt.

1951 überreichte er ein Gesuch um Erteilung der Heiratsgenehmigung sowie ein Leumundszeugnis über seine Braut, einer 36-jährigen Alteingesessenen aus der Kleinstadt.

Innerhalb des Polizeiabschnitts spezialisierte sich der Beamte und wurde Hundeführer.

Im Laufe der Zeit änderte sich das Verhalten des Wachtmeisters.

Gegenüber den Bürgern der Kleinstadt und selbst gegen die eigenen Kollegen verhielt er sich unbeherrscht und gereizt. Sein Einschreiten war selbst bei Geringfügigkeiten hitzköpfig und radikal.

Musste er körperliche Auseinandersetzungen schlichten, erregte er sich schnell, wurde angriffslustig und schlug ungestüm dazwischen.

Kam er nach Hause gebärdete er sich gegenüber seiner neuen Frau streitsüchtig, gelegentlich auch jähzornig, was seine Angetraute in Schlägen zu spüren bekam.

Sein Diensthund, den er zu Hause in einem Zwinger hielt, bekam seinen Jähzorn auch zu spüren. Parierte er nicht sofort, hagelte es brutale Schläge mit der Lederleine, aber auch mit dem Schlagstock. Er betrachtete dies als normale Erziehungsmethoden für einen Polizeihund, der sich seinem Hundeführer total zu unterwerfen hatte.

Bei dienstlichen Einsätzen benutzte er seinen Schäferhund als seine „Waffe". Auf Befehl und wutentbrannt, noch von Schramm angestachelt, verbiss sich das Tier in seine Opfer.

Aggressivität und Gewalttätigkeiten wurden seine täglichen Begleiter.

Und noch jemand: der Alkohol.

Die Beamten in seiner Schicht hatten vor ihm Respekt, vermutlich auch Angst. Sie nahmen sein

Verhalten einfach hin. Einsprüche hätte er wahrscheinlich sowieso nicht gelten lassen.

Allerdings war ihnen beim Einschreiten gegen Bürger sein Auftreten, sein Benehmen und sein Reagieren unangenehm und oft beschämend, und die Maßnahmen rechtlich sehr bedenklich.

Viele Einsätze endeten mit einer Anzeige von Schramm wegen Widerstand gegen die Staatsgewalt.

Bald sprach man nur noch von dem Widerstandsbeamten.

Natürlich hagelte es auch oft Beschwerden, die aber dem Ehrenkodex innerhalb der Institution Polizei gebührend abgebügelt wurden.

Eine Erklärung für sein Verhalten fanden seine Mitstreiter nicht. Hatte er dienstfrei, saß man in der Schicht gelegentlich zusammen und stellte Mutmaßungen an.

Schramm sprach wenig mit seinen Kollegen, daneben war er auch nicht gerade kontaktfreudig. In seiner Abwesenheit bestand die Möglichkeit, gelegentliche Äußerungen von Schramm zusammenzutragen.

Bei einer Wirtshausschlägerei hatte er mal gesagt, dass er den Schläger mit einem Griff das Genick brechen könnte, ein andermal sagte er zu seinem Streifenführer nach einem handfesten Familienstreit, dass er der „Polacken-Madga“ schon die ehelichen Pflichten, wie im Krieg üblich, vergewaltigend beigebracht hätte.

Ein Beamter schilderte sogar, dass nach Überschreiten der Sperrstunde in einer Gaststätte Schramm den Gast, mit seiner Dienstpistole an der Schläfe haltend, nach Draußen befördert hatte. Dabei sagte er, dass er in Russland in dieser Situation oft habe abgedrückt.

Wenn Schramm mal was erzählte, so hatte es tatsächlich auffällig oft mit dem Krieg zu tun. Besondere Aggressionen entwickelte er gegenüber osteuropäischen Flüchtlingen.

Viele Situationen mussten bei ihm noch sehr gegenwärtig gewesen sein, bestimmt auch noch nicht verarbeitet.

Im Laufe der Zeit häuften sich bei Schramm die Ausfallzeiten, oftmals kam seine Frau kurzfristig auf der Wache vorbei und meldete kleinlaut, dass ihr Mann erkrankt sei.

Wie es aber in so einem Kaff, wo viel beobachtet und erzählt wird, ist, soll man Schramm während seiner Ausfallzeiten völlig betrunken gesehen, mindestens lautstark schreiend und krakeelend in seiner Wohnung gehört haben.

Die Gerüchteküche brodelte, aber Handfestes, worauf ein Vorgesetzter zu reagieren hatte, gab es nicht.

Wie oft im Leben musste erst etwas passieren. In diesem Fall geschah ein Verkehrsunfall. Schramm war mit dem Dienstwagen auf dem Rückweg von der Hundeausbildung. Auf der Landesstraße kam er von der Fahrbahn ab und fuhr in einen Graben.

Seine Verletzungen hielten sich in Grenzen, aber die zur Aufnahme des Unfalls hinzugezogenen Beamten stellten bei Schramm eine erhebliche Alkoholbeeinflussung fest. Das Ergebnis der Blutprobe erbrachte Entsprechendes, ja sogar Beängstigendes.

Wie es seine Art war, beschimpfte er obendrein die einschreitenden Beamten noch als Kameradenschweine, denen man im Krieg den Gnadenschuss gegeben hätte. Sie wollten ihn nur fertigmachen.

In der Folge kristallisierte sich seine Alkoholsucht immer deutlicher heraus und wohl oder übel, bevor man ihn entließ, trat er eine Entziehungskur an.

Der behandelnde Anstaltsarzt hielt es trotz der ärztlichen Schweigepflicht nach seinem Ermessen für nötig, mit dem Vorgesetzten von Schramm ein Gespräch zu führen.

Schramm musste nach seiner Meinung im Krieg bei grausamen Taten zugegen gewesen sein. Ob er selbst welche begangen oder sie nur gesehen hatte, konnte nicht mit Bestimmtheit gesagt werden. Als Auswirkung sprach der Mediziner von einem Kontrollverlust bei Schramm.

Auf jeden Fall hatten die Handlungen ihn verändert, heute würde man von posttraumatischen Belastungsstörungen sprechen, eine psychische Reaktion auf die extrem belastenden Ereignisse. Er litt unter dem ständigen Wiedererleben.

Schramm hatte nie die Gelegenheit darüber zu sprechen. Vermutlich wollte er dies auch nicht und hätte sich auch nie jemandem anvertraut. Eigene Schuldgefühle überlagerten offensichtlich vieles. Selbst gegenüber engsten Angehörigen konnte er nicht über das Erlebte sprechen. Und auch die viel gelobte Kameradschaft stärkte ihn nicht, sich zu öffnen.

Nach dem Anstaltsaufenthalt trat Schramm seinen Dienst wieder an. Nach sehr kurzer Zeit verfiel er in seinen alten Trott: Alkohol und Gewalt. Er wusste keinen Ausweg.

Als er mal wieder nicht zum Nachtdienst erschien, suchten Beamte seiner Schicht ihn in seiner Wohnung auf.

Sie klingelten an der Wohnungstür einmal, zweimal und dann ein Dauerklingeln. Das Klingeln vermischte sich dann mit einem Knall oder gar mit einem Schuss?

Schreiend riss Frau Schramm die Wohnungstür auf:

„Eugen hat sich erschossen!"

Seine Verzweiflung muss so groß gewesen sein, dass er keinen anderen Weg sah.

23.

Klingelingeling, die Post ist da

In Bezug auf die damalige Kommunikation verbietet sich ein Vergleich zu heute. Radio- und Fernsehgeschäfte boten für viel Geld die ersten Schwarz-Weiß-Geräte an. Die wenigen Besitzer empfingen ein Programm. Die Post installierte einer Handvoll Haushalte Telefonanschlüsse, die Tageszeitung abonnierten einige Familien und das Rundfunkgerät trug zum Nachrichtenempfang das Seinige bei.

Untereinander tauschte sich die Verwandt- und Bekanntschaft noch sehr viel schriftlich aus; dies kann man genauso behördlicherseits behaupten. Briefe, Postkarten, Pakete waren übliche Mitteilungsmöglichkeiten.

Den Kaffbewohner interessierte andererseits auch nicht unbedingt, was in der großen weiten Welt vor sich ging, gleichermaßen hielt sich die Wissbegier über Geschehnisse in den Nachbarstädten in Grenzen. Der Tratsch und Klatsch in der Nachbarschaft befriedigten die Insider viel mehr und sie sogen ihn wie ein Lebenselixier ein. Für diese Art Austausch bedienten sie sich allerdings anderer Kommunikationswege, im Gegensatz zu heute, waren sie anders vernetzt.

Eine sehr wichtige Rolle übernahm der Briefträger. Als Postbeamter sah die Bevölkerung in ihm eine absolute Vertrauensperson, einen Zuhörer und Ratgeber. Die meisten Briefträger verteilten ihre Post schon eine langandauernde Zeitspanne in ihrem Bezirk. Es reifte eine familiäre, heimische, persönliche Beziehung zwischen ihm und Postkunden.

Für die Kernstadt muss man als einen solchen Briefträger unbedingt Kurt Riemenschneider beschreiben. Gerufen wurde er von den Alteingesessenen nur mit seinem Spitznamen „Kurtchen", was auch mit seiner geringen Körpergröße zu tun hatte.

„Kurtchen" war eine Institution, ein Kaff-Urgestein und ein Unikum obendrein. Immer gut gelaunt, strampelte er pfeifend mit dem gelben Postfahrrad durch die Straßen.

Seit zwölf Jahren verteilte er in dem Bereich die Post, schon während des Krieges.

Nicht selten überbrachte er schlechte Nachrichten, die unter anderem in Feldpostbriefen oder Frontschreiben übermittelt wurden.

Ihm vertrauten die Adressaten den Inhalt der von handgeschriebenen Briefen über die Situation an der Front, Kriegsverletzungen und das Schlimmste, den Tod eines nahen Angehörigen, an.

Dies ließ Briefträger und Postempfänger näher rücken, eine gegenseitige Wertschätzung erwachsen, es schweißte einfach enger zusammen. Sie bildeten im Laufe der Zeit eine Schicksalsgemeinschaft.

„Kurtchen" hatte keine feste Arbeitszeit. Er begann morgens, wenn er seine Post sortiert hatte und sein Arbeitstag endete, wenn der Fahrradkorb leer oder er „voll" war. Dazu aber gleich mehr.

An einem Tag erledigte er sein Quantum in sechs Stunden, an einem anderen Tag erst nach zwölf Stunden. Weniger hing es von der Menge der Post ab, als vielmehr von der Dauer der Gespräche mit den Adressaten.

Und nun zu „Kurtchens" Makel oder besser Laster.

Er konnte nicht Nein sagen. Dies betraf insbesondere die gut gemeinten Spirituosen-Angebote der Postempfänger. In der Regel boten ihm die Altvertrauten einen Schnaps an, die Alkoholika summierten sich im Laufe des Tages, so dass er abends oftmals nur noch sein Fahrrad nach Hause schieben konnte. „Kurtchen" ließ sich mitunter zudem auf einem weichen Plätzchen nieder und schlief ein.

Da er diese Schwäche zur Genüge kannte, übrigens stets zum Ärger seiner Frau, begann er seine Auslieferungstour morgens im nüchternen Zustand bei der Polizei, immer um 8.45 Uhr. Im Anschluss setzte er die Fahrt zum nahen Amtsgericht fort.

Auf der Polizeiwache begrüßten ihn die Beamten wohlwollend und zugetan.

Erstens steckte seine Fröhlichkeit an und zweitens war er der ideale Auskunftsgeber für ihre

Ermittlungen; das Postgeheimnis wahrte „Kurtchen" aber immer.

Er hatte auch eine verschwiegene Seite. Diese schätzten die Postempfänger an ihm, sonst hätten sie ihm nicht ihre Sorgen anvertraut.

Persönlich konnte man ihm eine gewisse Neugierde nicht absprechen. Da früher viel auf Postkarten geschrieben wurde, las er den Inhalt oft insgeheim.

Und er musste, in der Regel bei Alleinstehenden, regelmäßig Platz nehmen. In seinem Beisein wurden die Briefe geöffnet und das Geschriebene vorgelesen.

An einem Wochenanfang im Sommer 1950 bekam Waltraud Schröder vom Briefträger Riemenschneider einen Brief vom Gericht ausgehändigt, zumindest laut Absender.

Als Kriegerwitwe lebte sie zurückgezogen und allein in ihren zwei Zimmern. Sie war früher bei einigen Bauern in Stellung, wie man das nannte, bezog jetzt aber eine kleine Witwenrente.

Ihre Ehe blieb kinderlos, entfernte Verwandte, zu denen sie wenig Kontakte hatte, hausten in Baracken. Es waren Vertriebene, die es zu den Angehörigen in den Westen verschlagen hatte.

Erfahrungen im Umgang mit Ämtern sammelte sie in ihrem Leben keine und Post vom Gericht erhielt sie noch nie.

Sie bat daher „Kurtchen", den Brief zu öffnen. Derweil schenkte sie ihm und sich einen kleinen

Wacholderschnaps ein, obwohl es erst auf Mittag zuging.

Das Nachlassgericht der entfernten Großstadt schrieb ihr.

Nach diesem amtlichen Schriftstück verstarb vor kurzem Elfriede Schröder. Sie hinterließ zwei Mehrfamilienhäuser in einem bekannten gutbürgerlichen Viertel der Stadt. Da die Verblichene kein Testament verfasst hatte, suchte man in dem Nachlassverfahren nach Erben. Der Krieg verursachte viele Wirren, Menschen waren gefallen, vertrieben, verschollen oder einfach nicht mehr auffindbar.

Noch konkreter suchte der Nachlasspfleger des Gerichtes eine Trude Schröder. Bei Waltraud Schröder konnte man durchaus das hintere „Traud" ihres Vornamens in Trude umwandeln.

Zusammen mit dem Briefträger überlegte die Witwe, ob sie den Namen Elfriede Schröder schon einmal gehört hatte. Es ging ihr die ganze Verwandtschaft - Großeltern, deren Geschwister und Kindern - durch den Kopf. Elfriede tauchte dabei nicht auf. Ausschließen konnte sie es aber auch nicht und das zu Vererbende war schließlich nicht zu verachten.

Waltraud Schröder wurde aus ihrem eintönigen Lebensalltag gerissen und musste jetzt viel nachdenken. Selbstverständlich zeigte „Kurtchen" Interesse und hielt sich beim Austragen der Post bei Frau Schröder immer etwas länger auf. Sie hatte auch das Bedürfnis, „Kurtchen“ in der Angelegenheit auf dem Laufenden zu halten.

Einige Tage vergingen als „Kurtchen“ seine Tour wieder pünktlich um 8.45 Uhr bei der Polizei begann.

Ein langjährig dort tätiger Beamter saß auf der Wache. Von vielen Begegnungen kannte der Briefträger ihn recht gut und so führten sie das allgemeine Gespräch vertrauensvoll. Sie redeten ab und an mal über Privates. So erzählte der Beamte mit freudigem Unterton, dass er und seine Frau noch einmal Nachwuchs erwarteten. Gleich schloss er auch sein Problem an. Die Wohnung sei nun jedoch für fünf Personen zu klein. Obendrein hielt die Behörde große Wohnungen oft für Flüchtlinge vor. Und da „Kurtchen“ allumfassend unterrichtet war, fragte er ihn, ob er nicht eine leere, große Wohnung wüsste.

Der Briefträger verneinte dies, aber etwas anderes ging doch noch in seinem Kopf herum. Zu seinem jahrelang angeeigneten Wissensschatz gehörte Gertrude Schröder, die in seinem Zustellbezirk wohnte. Zufällig war ihre Tochter, die Frau des Polizeibeamten.

Völlig aus dem Thema gerissen, fragte „Kurtchen“ plötzlich den Beamten, ob seine Schwiegermutter eine Elfriede Schröder kenne?

Der Polizeibeamte verstand zunächst den Sinn der Frage nicht, so begann der Briefträger

Riemenschneider ihm die „Nachlasssache Schröder“ zu erklären.

Der Polizeibeamte stellt sofort einen Zusammenhang zu seiner Familie her. Seine Schwiegermutter wurde in gewissen Situationen, abgeleitet von ihrem Vornamen Gertrude oft mit „Trude“ geneckt.

Und schon nahm der Beamte aus nicht ganz uneigennützigen Gründen die Ermittlungen auf.

Nicht als Privatmann, sondern als Polizeibeamter fragte er beim Nachlassgericht der Stadt nach. Der Nachlassverwalter freute sich über die Unterstützung, hatte die Polizei vielleicht doch noch mehr Möglichkeiten, Erben zu ermitteln.

Schon eine Woche später erhielt Waltraud Schröder sehr enttäuschende Post vom Nachlassgericht.

Der Sachbearbeiter beim Gericht hatte sich beim Städtenamen geirrt: Neustadts gab es viele im Land. Der entscheidende Zusatz stimmte aber nicht. Statt am Rübenberge, lag der gesuchte Ort an der Aisch.

So wurde es nichts mit dem plötzlichen Reichtum von Waltraud oder Gertrude Schröder.

24.

Das Grab auf dem Judenfriedhof

Zu den Alteingesessenen gehörten in der Kleinstadt auch jüdische Mitbürger. Sie ordneten sich seit unzähligen Jahren als fester Teil der Gemeinschaft ein, ohne dass sie für ihren Glauben verunglimpft wurden. Eine finanzielle Besserstellung gegenüber den nichtjüdischen Bürgern bemerkte niemand.

Unermessliches Leid und Unrecht widerfuhr ihnen dann zwischen den Jahren 1933 und 1945 auch in dieser Stadt. Sie wurden diskriminiert, verfolgt und vernichtet.

Nach dem Krieg zeugten nur noch Grabstätten von dem einst jüdischen Leben. 230 jüdische Friedhöfe allein in unserem Bundesland dokumentieren, dass Juden seit mehr als 700 Jahren in unserem Gebiet lebten, bis ihre Kultur durch Vertreibung und Vernichtung jäh zerstört wurde.

Die Grabsteine auf diesen Friedhöfen erinnern an bekannte Persönlichkeiten ebenso wie an Unbekannte und sind mal schlicht, mal kunstvoll verziert.

Auf jeden Fall verdienen die jüdischen Friedhöfe aufgrund der schrecklichen Greueltaten gegen diesen Bevölkerungsteil einer besonderen Beachtung.

Die Begräbnisstätte jüdischer Bürger im Kaff liegt etwas außerhalb am sogenannten Fuchsberg, unweit von der sich durch den Ort schlängelnden Leine.

Anfang der 50er-Jahre hielt ein mit Sand beladener Lastkraftwagen vor der Polizeiwache. Der Fahrer teilte dem Wachhabenden mit, dass er aus der Grube neben dem Judenfriedhof für eine Baustelle mehrere Fuhren Sand geholt habe. In der Frühstückspause habe er sich den Judenfriedhof angeschaut, um sich die Füße etwas zu vertreten. Er fand zu seinem Erstaunen ein frisches Grab vor. Beim Blick auf die Todesjahre auf den anderen Grabsteinen habe er festgestellt, dass dort in den letzten Jahren keine Begräbnisse mehr stattfanden. Er meldete seine Entdeckung, weil es ihm sonderbar vorkam.

Der Wachhabende konnte damit zuerst nichts anfangen. Auf einem Friedhof ist jemand beerdigt worden; eigentlich ein normaler Vorgang.

Selbst ihm, dem Polizisten, der viele Jahre in der Stadt schon seinen Dienst versah, kam es allerdings eigenartig vor. Er erinnerte sich nicht, dass auf dem Friedhof während seiner hiesigen Dienstzeit eine Beisetzung stattgefunden hatte.

Nach seiner Meinung nutzte die jüdische Gemeinde diesen Friedhof nicht mehr für Bestattungen. Als sehr ungepflegt hatte er ihn in Erinnerung.

Ein Anruf bei der Stadtverwaltung würde sicherlich schnell Licht ins Dunkel bringen. Obwohl er dienstlich keinen Anlass sah, siegte die Neugierde als langjähriger örtlicher Schutzmann.

Er fragte beim Ordnungsamt der Stadt nach und zwar beim Amt für das Friedhofswesen. Bei der Fragestellung merkte der Beamte schon, dass von der anderen Seite Schweigen zurückkam.

Die junge Mitarbeiterin erläuterte, dass sie über den städtischen Friedhof selbstverständlich Auskünfte geben kann, aber der jüdische Friedhof falle nicht in ihren Zuständigkeitsbereich. Auf die schlichte Nachfrage folgte eine unbefriedigende Antwort.

Der Wachhabende des Schichtdienstes übergab die Meldung nun an den Ermittlungsdienst.

Den Leiter des Ermittlungsdienstes stuften die Polizeibeamten hinter vorgehaltener Hand als einen Zweifler und Schnellverdachtsschöpfer ein.

So rief er die städtische Sachbearbeiterin erneut an. Sie war zwischenzeitlich auch nicht untätig geblieben.

Sie eruierte, dass für den Friedhof die jüdische Gemeinde in Hannover zuständig ist.

Nachfragen bei den Verantwortlichen verbot der Ermittlungsleiter vehement der Sachbearbeiterin mit der Begründung, dass ausschließlich er zuständig sei.

Den Anruf tätigte er auch unmittelbar.

Ohne den konkreten Anlass zu nennen, hinterfragte der leitende Beamte, wer für den örtlichen Friedhof verantwortlich sei. Sofort fragte der Angerufene, ob der Friedhof geschändet worden wäre.

Dies verneinte der Polizist und sagte nur, dass die Nutzung des Friedhofes sein Interesse geweckt habe.

Der Mitarbeiter der jüdischen Gemeinde fand dies sehr löblich und hielt fast einen kleinen Vortrag über würdige und dauerhafte Ruhestätten der Juden und erläuterte auch die jüdische Auffassung, dass ein Grab auf „ewig" unangetastet bleiben soll.

Diese Auskünfte waren für den Anrufer überaus beachtenswert und aufschlussreich, aber zur Sache trugen sie wenig bei.

Darum machte er sich mit einem weiteren Beamten auf zum Ort des Geschehnisses.

Die beiden Polizisten fanden auf einem Familiengrab eine „frische" Grabstelle vor. Der Größe nach zu urteilen, schlossen sie auf ein Kindergrab. Auf dieser geringen Fläche, die durch leichtes Anhäufen erhöht war, stand eine Blumenvase mit einem Strauß, weiterhin ein verzierter kleiner Stein und an einer Seite ein schlichtes kleines Holzkreuz.

Anhand des Grabsteines auf dem Familiengrab entdeckten sie, dass die letzte Beisetzung 35 Jahre zurücklag.

Insgesamt wirkte der Friedhof ungepflegt. Offensichtlich fristete er ein trauriges Dasein.

Die Besichtigung des „Tatortes" brachte letztendlich keine neuen Erkenntnisse.

Auf der Dienststelle rief der Leiter des Ermittlungsdienstes nochmals die Sachbearbeiterin bei der Stadtverwaltung an.

Er las ihr den Namen der Familie und des letzten Verstorbenen vor und bat sie leise, diskret in vorhandenen Unterlagen danach zu forschen.

Scheinbar herrschte diesbezüglich bei der Stadt eine vorbildliche Ordnung, denn in wenigen Minuten ergab der Rückruf, dass alles was auf dem Grabstein stand seine Richtigkeit hatte; es konnte in den Verzeichnissen nachvollzogen werden. Eine weitere Beisetzung war hingegen nicht registriert.

Der leitende Polizeibeamte überlegte.

Was war passiert?

Ein Kind könnte eines natürlichen Todes oder gar durch Fremdeinwirkung gestorben sein. Die Leiche könnte „illegal“ und geheim beigesetzt worden sein, vielleicht zur Vertuschung eines Verbrechens.

Seiner Mentalität entsprechend kam der Beamte zu dem Entschluss, dass er die Verantwortung lieber seinem Revierleiter übertragen möchte.

So berichtete er ihm den aktuellen Sachstand.

Diesem sagte man nach, dass er sehr überlegt, aber pragmatisch und nicht zimperlich handelt.

Er beauftragte den Leiter des Ermittlungsdienstes kurzfristig zusammen mit der Sachbearbeiterin der Stadtverwaltung und zwei Mitarbeitern des städtischen Bauhofes, letztere mit Grabungswerkzeug ausgestattet, einen Ortstermin anzuberaumen.

Der Ermittlungsleiter trug noch einmal seine Bedenken vor. Ihm gingen die Worte des Mitarbeiters der jüdischen Gemeinde nicht aus dem Kopf: „Würdige und dauerhafte Ruhestätte, auf ewig unangetastet."

Doch der Revierleiter wollte Fakten schaffen.

Am nächsten Morgen kamen die Beteiligten um 10 Uhr auf dem Friedhof zu einem konspirativen Treffen zusammen.

Der Revierleiter sagte einige Worte in die Runde, tatsächlich ruhig und würdevoll, anderseits leise, als wenn kein Unbeteiligter mithören sollte.

Er zog das Kreuz heraus, nahm den Stein und die Blumenvase vom Grab und befahl dann den beiden Mitarbeitern des Bauhofes zu graben.

Den derben Männern, die mit Spaten und Schaufel sehr wohl umgehend konnten, merkten die Zusehenden aufgrund ihres vorsichtigen Hantierens ihr mulmiges Gefühl an.

Schon nach 50 Zentimeter Tiefe stießen sie auf Widerstand. Sie trugen den Mutterboden vorsichtig ab und gelangten an eine hölzerne Fläche.

Damit stand fest, dass in der Tat vor kurzem Unbekannte etwas an diesem Ort vergraben hatten.

Bei fühlbarer Spannung ließ der nächste Moment etwas Ungutes erwarten.

Als die Erde von den Arbeitern ringsum weggeschaufelt war, zeichneten sich die Umrisse eines kleinen Holzsarges ab, der noch keine Spuren von Verwitterung erkennen ließ. Auf dem Deckel war eine Art Teddy oder Stoffpuppe befestigt.

Schaute der Revierleiter in die Augen der Anwesenden, spiegelte sich die Erschütterung wider.

Wie sollte es weitergehen?

Im Kopf des Ermittlungsdienstleiters begann es sofort zu rattern:

Bestatter bestellen, Leichnam sicherstellen, Obduktion anordnen, Spuren sichern usw.

Als Oberbedenkenträger ängstigten ihn die anderen Gedanken aber viel drastischer: Beschwerde der jüdischen Gemeinde, Störung der Totenruhe, Leichenschändung, illegales Vorgehen von Behörden auf einem jüdischen Friedhof, Willkür wieder gegen jüdische Mitbürger gerichtet, sollte etwas vertuscht werden, das Getratsche im Kaff, Zwangsversetzung…

Ein Skandal unmittelbar nach der Zeit des Nationalsozialismus.

Ganz in sich versunken hörte er nur noch das Kommando des Revierleiters an die Bauhofmitarbeiter: „Öffnen!"

Mit der Klaue eines Kuhfußes lösten sie vorsichtig erst ein Brett und dann das folgende.

Sie riskierten ein Auge und erspähten eine bunte Decke. Nach dem Lösen des dritten Brettes machten sie einen Ball auf der Decke aus.

Alles, was sie zu Gesicht bekamen, sah sauber und geordnet aus, so dass sie die nächsten Bretter noch sorgfältiger entfernten.

Als die Bediensteten den gesamten Sargdeckel beseitigten, gab die Verhüllung das Geheimnis preis.

Aus der Decke ragte an der oberen Seite ein Kopf heraus.

...ein Hundekopf!

Die Erlösung stand allen Beteiligten ins Gesicht geschrieben.

Hier hatte jemand seinen treuen Gefährten zu Grabe getragen. Auch er sollte eine würdige und dauerhafte Ruhestätte finden.

Fein säuberlich verschlossen die beiden Stadtarbeiter den Sarg wieder und alles wurde so hergerichtet, wie sie es vorfanden.

Das letzte Wort sprach der Revierleiter:

„Diesen Termin hat es nie gegeben. Ich vertraue auf Ihre Verschwiegenheit."

25.

Die Moral im Kaff

Der gekaufte Mann

Die einzige Tochter von Borchers Friedhelm, dem früheren Großbauern im Kaff, hieß Almut. Der damals gut bewirtschaftete Hof wich im Laufe der Jahre einer Nebenerwerbslandwirtschaft. Die Familie hatte die Plagerei auf den Feldern und in den Ställen nicht mehr nötig. Das liebe Geld vermehrten sie mit Landverkauf. Da Borchers Ländereien erschließungstechnisch günstig lagen, verkauften sie es als bevorzugtes Bauland. Die Tochter wurde finanziell betrachtet zu einer immer besseren Partie. Aber nicht ein Jedermann sollte Almut zur Frau haben. Dies hätte sie selbst auch nie zugelassen. Almut erschien den Nachbarn als eine sehr selbstbewusste, resolute und hochnäsige junge Frau. Nur das Beste bezüglich des männlichen Geschlechtes kam daher infrage. Mit einem örtlichen einheimischen Tölpel hätte sie sich nie eingelassen.

Beim Verkauf von Bauland konferierte sie zufällig mit einem Landesbeamten, einen großen, stattlichen Schönling, ein Frauenschwarm und noch ungebunden. Diesen und sonst keinen, entschloss Almut forsch. Und auch Vater Friedhelm freundete sich mit dem Beamten an.

Almut vereinte sich mit ihrem Siegesmund, so sein edler Vorname. Dem zufriedenen und behäbigen Großstädter konnte eine solche Partie nur recht sein. Die Heirat erfolgte alsbald. Man arrangierte sich. Beide versprachen sich voneinander Vorteile.

Von der Landwirtschaft verstand Siegesmund wenig. Aber die Hosen hatte sowieso Almut an. Siegesmund brauchte nur zu parieren.

Indessen ließ sich Siegesmund seine Ehebereitschaft etwas kosten. Er lebte gerne auf großem Fuß und liebte Extravagantes.

So musste schon unmittelbar nach der Vermählung ein schnittiges Motorrad her. Siegesmund jagte leidenschaftlich gern mit der Maschine. Wenn der Hüne mit seinen langen Beinen und der Lederkluft auf dem Bock saß, schauten alle hinter ihm her. Und Siegesmund genoss dies.

Im geringen Umfang ging die Landwirtschaft noch nebenher. Wenige Äcker bestellten sie in der Zeit, wofür das Ehepaar Nachbarn als Helfer einsetzte.

Wenn im Herbst die Kartoffeln gerodet wurden, erntete Bauer Grote von nebenan die von Borchers Acker gleich mit.

Siegesmund „sammelte" mit seinem Motorrad lediglich die Frauen ein, die auf allen vieren mit ihren Drahtkörben die Kartoffeln aufsuchten.

Auch diese Motorradfahrten mit den Landfrauen genoss Siegesmund. Er half den Damen auf seine Maschine und unterstützte ebenso beim Absteigen.

Dass er dabei die Frauen an Brüsten und Po betatschte, nahmen sie mit einem leichten Juchzen hin. Heute wäre dies doch zumindest ein mittlerer Skandal.

Die Frauen fühlten sich geschmeichelt, dass ein so attraktiver Kerl offensichtlich auch sie begehrenswert fand.

Der Außenstehende konnte sogar den Eindruck gewinnen, dass die Damen gern von ihm mehr haben mochten. Dies ließ Almut aber nicht zu. Dass er die einfachen Landweiber begrapschte, gönnte sie ihrem Ehemann, aber, wie sie zu sagen pflegte, „gegessen wird zu Hause".

Apropos Zuhause, das störte Siegesmund gewaltig. Das gemeinsame Zuhause beurteilte er gelinde gesagt als eine Zumutung für ihn.

Das Ackerbürgerhaus der Eltern von Almut beäugte er als total heruntergekommen, nur schäbig und unansehnlich, ja sogar nach seinem Eindruck einsturzgefährdet.

An den Deckenbalken der niedrigen, kleinen Räume stieß er sich den Kopf. Die winzigen Lukenfenster ließen kein Tageslicht herein, die Dielen knarrten, es stank und muffelte nach Haustieren und Schimmel. Dies entsprach nicht seinem Lebensstil, eine unannehmbare Situation.

Ultimativ forderte Siegesmund, dass Almut, vielmehr ihre Eltern, auf einen der vielen eigenen

Grundstücke an der Peripherie ein schmuckes, modernes Haus bauten.

Als der Familienrat tagte, beschlossen sie, auf einem derzeitigen Gartengrundstück unmittelbar am Rande der Kernstadt ein Mehrfamilienhaus zu bauen. Auf diesen Kompromiss konnte sich Siegesmund einlassen. In dem repräsentativen großen Haus bewohnten Almut und Siegesmund die gesamte untere Etage, die oberen zwei Wohnungen konnte man mit separatem Eingang vermieten beziehungsweise für die Schwiegereltern vorhalten.

Schon Mitte der 50er-Jahre stand das wunderschöne Haus.

Geizig, oder besser sparsam, wie die Eltern Almut erzogen, blieb das uralte Ackerbürgerhaus stehen und sollte als Wohnraum, ohne zusätzliche Investitionen, vermietet werden.

Für die sehr bescheidenen Räume suchte man Mieter im sogenannten Armenhaus.

Die Bewohner lebten in einem Teufelskreis. Nannten sie ihre Adresse, fanden sie keine Arbeit. Hatten sie keine Arbeit, waren sie für Vermieter nicht solvent.

Nun konnte das zukünftige Mieterehepaar mit einer Tochter eine Adresse in der Kernstadt angeben und tatsächlich, schon klappte es mit der Arbeit.

Der Ehemann fand Beschäftigung als Ungelernter bei den Überlandwerken, dem hiesigen Energieversorger.

In Zeiten des Wirtschaftswunders expandierten die Unternehmen und suchten dringend Arbeitskräfte.

Das Ehepaar mittleren Alters mit einer achtjährigen Tochter zog ein. Da das Haus mit vielen kleinen Kammern reichlich Platz bot, fragte das Ehepaar, ob auch die alleinerziehende Schwester der Ehefrau mit Sohn und Tochter sich zusätzlich einquartieren könnten. Großzügig erklärte sich Almut einverstanden.

Mehr Miete war für die alte Bruchbude nicht herauszuholen.

Alles unter dem Deckmantel der Verschwiegenheit

„Wie lebte es sich nun im ‚neuen' Heim?", lautete die etwas sarkastische Frage an die neuen Mieter.

Das Ehepaar Müller, beide 35 Jahre alt, bewohnte mit ihrer achtjährigen Tochter Roswitha das Erdgeschoss, wenn man die „Wohnlöcher" so bezeichnen konnte. Die Schwester, Frau Kunert, lebte mit der 15-jährigen Tochter Anne und dem fünfjährigen Sohn Günter im oberen Bereich.

Alle Bewohner verspürten Genugtuung, erstmals in eigenen, abgeschlossenen Räumlichkeiten leben zu dürfen, obwohl sich die Räume in einem miserablen Zustand befanden.

Bisher „hausten" sie im Armenhaus in einem Zimmer, in dem sie lebten, kochten und schliefen. Eine Intimsphäre gab es nicht.

Für Herrn Müller begannen ganz neue Zeiten. Seine lange Arbeitslosigkeit hatte ein Ende. Der Alltag normalisierte sich wieder, war geregelter: morgens in aller Frühe mit dem Fahrrad zum Überlandwerk, eine Stunde Mittagspause zu Hause und dann wieder bis zum Abend arbeiten; und jeden Freitag eine Lohntüte mit selbst verdientem Geld. Sicherlich reichte es nur für das Nötigste, andererseits für die bescheidenen Verhältnisse auskömmlich.

Zur erweiterten „Familie“ gehörte noch jemand, Onkel Ewald, aus der großen Stadt.

Alle nannten ihn Onkel Ewald, obwohl er verwandtschaftlich von keinem der Onkel war.

Ewald von Litzerode verdiente sein Geld als Handelsvertreter. Mit was er handelte, wusste keiner so genau. Man nannte ihn auch den Gutsbesitzer. Seine Eltern enteignete man nach 1945 als Großgrundbesitzer in der sowjetischen Besatzungszone. Als er aus der Kriegsgefangenschaft zurückkehrte, hatte er kein Zuhause mehr. Er durfte sich auf Befehl nicht einmal mehr dem Gut, was seit Hunderten von Jahren im Familienbesitz gewesen war, nähern.

Onkel Ewald zog in den Westen. Gegen das Wort Flüchtling verwahrte er sich. Von Lützerode, der Adelige, trat weltmännisch auf und fand sich überall zurecht. Wirtschaftlich und finanziell litt er keine Not.

Onkel Ewald ging seiner Tätigkeit eine Woche in der Großstadt nach und in der anderen Woche im entfernten Umland.

In dieser besagten Woche suchte er zur Mittagszeit immer seine „Familie“ im Kaff auf.

Zur Essenszeit gegen 12.30 Uhr fuhr er mit seiner schicken, sehr gepflegten schwarzen Limousine vor. Er steuerte einen DKW des Typs F 91 der Sonderklasse mit einem Dreizylindermotor mit 34 PS und einer Spitzengeschwindigkeit von 120

Stundenkilometern. Er parkte jeweils direkt vor dem Ackerbürgerhaus.

Der besondere Moment des Vorfahrens von Onkel Ewald bedeutete für die spielenden Kinder auf der Straße eine Pause, nicht nur, weil man Autos noch selten antraf, nein, darüber hinaus liefen alle Kinder dann zu Onkel Ewald und bettelten um einen Groschen.

Mit seiner freigiebigen Art verteilte er jedes Mal ein paar 10-Pfennig-Stücke.

Der Handelsvertreter zog sich immer sehr adrett an, weißes Hemd mit Krawatte gehörte natürlich dazu. Der Ablauf nach dem Vorfahren glich sich von Mal zu Mal. Nachdem er seine Groschen verteilt hatte, ging er zur Beifahrertür, setzte seinen Hut auf, nahm seine Lederaktentasche in die Hand, legte seinen Mantel über den Unterarm und ergriff mit der anderen Hand seinen Stockschirm.

Diese Zeremonie vollzog sich tagtäglich gleich, ob Sommer oder Winter, ob Regen oder Sonne.

Mit Sicherheit haben sich die Nachbarn, die hinter den Gardinen äugten, darüber lustig gemacht.

Onkel Ewald erwartete man, denn in der Haustür verharrte schon Frau Müller.

Herr Müller hatte von 12 bis 13 Uhr Mittagspause. Wenn er kam, setzte er sich in dem einzigen gemütlichen abgewetzten Sessel im Wohnzimmer und nickte im Dämmerschlaf vor sich hin. Erschien nun Onkel Ewald, sprang er auf und machte ihm Platz.

Alsbald hatte Frau Müller das Mittagessen auf dem Tisch und alle, einschließlich Onkel Ewald, nahmen Platz und ließen sich das Gekochte schmecken. Trotz bescheidener finanzieller Mittel kochte die Hausfrau ausgezeichnet und konnte von dem Wenigen etwas Schmackhaftes zaubern. In der Regel bereitete sie einen deftigen Eintopf mit einem Stück Bauchfleisch oder Zwetschgen und Klümpe oder Erbsen mit Grießklößen zu, im Winter auch Braunkohl.

Die Speisenden redeten nicht viel, üblicherweise schwiegen sie.

Herr Müller radelte nach dem Essen auch schon wieder mit dem Fahrrad schnell zur Arbeit.

Onkel Ewald blieb noch…

Niemand redete darüber, es war eine stillschweigende Übereinkunft, die alle kannten.

Onkel Ewald ging nämlich im Anschluss mit der bildhübschen Frau Müller ins Schlafzimmer.

Auch die Nachbarn wussten das, denn das kleine Schlafzimmerfenster zum Eingang des Nachbarhauses, das immer offenstand, wurde geschlossen und die Wachstuchdecke vor die Scheiben gezogen.

Die Mutter schickte ihre Tochter zum Spielen auf die Straße.

Selbst den Nachbarsjungen, dem Sohn des Polizeichefs und des Hilfsschulrektors, blieb es nicht verborgen, und sie durften nicht klopfen, um zu fragen, ob sie mit Günter spielen durften. Es herrschte Ruhe.

Auch Herr Müller passte sich an und verließ das Haus, nicht nur wegen seiner beendeten Mittagspause.

Mit seiner Frau sprach er nie über das Treiben in der Wohnung. Es erfüllte ihn mit Stolz, dass er eine so hübsche Frau hatte, die auch andere begehrten. Und sie gab sich ja nicht irgendjemanden hin, sondern lediglich dem blaublütigen Onkel Ewald. Das war ein feiner Unterschied und nicht im Geringsten anrüchig.

Und Onkel Ewald zahlte schließlich „Kostgeld", für das Mittagsessen und den kleinen Gefallen.

Das Geld verachtete das Ehepaar nicht. Es ermöglichte einige besondere Anschaffungen, die man sich sonst nicht hätte leisten können.

Nach unserer heutigen Moralvorstellung handelten die Beteiligten sehr verwerflich und unzüchtig, um nicht noch darüber hinaus strafrechtliche Begriffe zu benutzen. Dem ungeachtet gab es noch eine Steigerung.

Anne, die Tochter von Frau Kunert, feierte vor kurzem ihren 15. Geburtstag. Auch auf sie hatte Onkel Ewald ein Auge geworfen.

Wenn er am Mittagstisch fragte, ob Anne oben sei, musste sie heute gefügig sein.

Frau Müller ging dann zu ihrer Schwester ins Obergeschoss und sagte mit einem Lächeln: „Anne soll sich fertigmachen."

Anne fühlte sich beim Verkehr nicht von Onkel Ewald missbraucht. Auch ihre Familie profitierte schließlich davon.

Anne wuchs im Armenhaus in einer Ein-Zimmer-Wohnung auf, wo sich alles Tag und Nacht abspielte. Sie sammelte dort ihre Erfahrungen und war frühzeitig aufgeklärt.

Voller Stolz sagte Frau Kunert, dass ihre Tochter eine Frühreife sei.

Übrigens passierte in Annes Zimmer genau das gleiche. Das Fenster wurde geschlossen und die Wachstuchdecke zugezogen.

Auch die direkt gegenüber wohnenden Familien des Polizeichefs und des Schulrektors bekamen dies selbstverständlich mit.

Dass dies eine Straftat darstellte, war allen bewusst, aber sollte man den armen Menschen die Existenz wegnehmen?

Gemeinsam bildeten sie eine Notgemeinschaft ohne Unrechtsbewusstsein.

Nach ihrer allgemeinen Vorstellung beging keiner etwas Unrechtes; niemanden zwang man zu einer Handlung, alle hatten ihren Nutzen, was sollte daran verwerflich sein?

Im Übrigen drittelten die beiden Familien das monatliche Kostgeld von Onkel Ewald. Frau Müller kassierte zwei Drittel und Frau Kunert ein Drittel.

...und diese Geschehnisse wahren wahrlich kein Einzelfall.

Lediglich die Frauen, die sich mit einem Besatzungssoldaten einließen, kamen mit vorgehaltener Hand ins Gerede. Aber das ist ein anderes Thema.

26.

Ich bin doch nicht verrückt

Dieser Fall ist für meinen Berufsstand äußerst peinlich und sollte eigentlich verschwiegen werden. Ich fand ihn bei den alten Disziplinarverfahren und habe mich nach dem Lesen darüber köstlich amüsiert.

Im Zwiespalt entschied ich mich, ihn doch aufzuschreiben.

Eigentlich vermeiden Bürger, so weit wie möglich, den Besuch einer Polizeiwache oder einen Polizeibeamten anzusprechen. Mit dieser Spezies tritt man notgedrungen in Kontakt, um eine Anzeige zu erstatten, als Zeuge auszusagen oder eine Auskunft zu erhalten.

„Geh nicht zu deinem Fürsten, wenn du nicht gerufen wirst", fällt mir dazu ein.

Doch weilen Menschen unter uns, die suchen förmlich unablässig und fortwährend Tuchfühlung zur vollziehenden Gewalt im Staate.

Ihnen eigen sind oft Charakterzüge, die nicht die angenehmsten sind.

Es sind: Besserwisser, Querulanten, chronische Nörgler, Nervensägen. Menschentypen, mit denen der Umgang sehr schwerfällt. Sie regen sich über Bagatellen permanent auf, empören sich über Kleinigkeiten, haben an allem etwas auszusetzen, reagieren selbst bei unwesentlichen Vorkommnissen übertrieben. Sie kommen mit Unverschämtheiten und sind grundsätzlich pessimistisch eingestellt. Vorschläge oder Lösungen zu ihrem Begehren ignorieren sie.

Sie können einen Polizeibeamten zur Weißglut treiben.

So ein bösartiger Einheimischer wohnte auch in unserem Kaff, sein Name: Julius Rindt.

Einer täglichen Arbeit brauchte er nicht nachzugehen. Das Erbe erwies sich als recht üppig, so dass er als Beruf Privatier angab.

Seine Schlechtigkeiten zielten überwiegend auf die Flüchtlinge ab, die sich nach seiner Meinung auf Kosten der Hiesigen bereicherten, die den Einheimischen alles wegnahmen, die sich mit Firmen selbstständig machten und mit hohen Preisen die Alteingesessenen aussaugten.

Er suchte nicht nur die Polizeiwache auf, sondern er sprach auch Polizeibeamte auf Fußstreife an, wenn er nichtstuend herumlungerte.

Das hätten die Beamten noch hinnehmen können, ja sie hätten es einfach ignoriert.

Aber er beschwerte sich dann an höherer Stelle über die Polizeibeamten, dass sie nicht tätig werden würden, dass es Taugenichtse seien, die von seinen Steuergeldern lebten.

Auch mussten die Beamten sich obendrein mit schriftlichen Stellungnahmen für ihr Verhalten beziehungsweise Nichtstun rechtfertigen.

Zu allem Überfluss hatte sich der Betroffene aufgrund von vielen Bildungsversuchen ein gefährliches Halbwissen angeeignet.

Weil er den ganzen Tag nichts Besseres zu tun hatte, kam er fast regelmäßig morgens um 9 Uhr auf die Wache der örtlichen Polizei, dann gerade, wenn in Deutschland die „Nato-Pause“ herrschte.

„Wie könnte man sich dieses Mannes entledigen, ihn für immer loswerden?“, fragten sich die Beamten, die er in den Wahnsinn trieb.

Beim Grübeln kamen die unmöglichsten Vorschläge, die wahnwitzigsten Ideen, alle aber nicht legal oder nicht durchführbar.

Manchmal kann sich das Konfuseste auch verfestigen und man spinnt die Idee weiter. Ja, es kann sogar begeistern und zu einem Schlachtplan heranreifen.

So wie in diesem Fall.

Was hatten die Polizisten ausgeheckt?

Vier Beamte einer Dienstabteilung versahen im Winter, eine Woche vor Weihnachten, Frühdienst. Es näherte sich die Frühstückszeit, wo man gewöhnlich bei einem heißen Tee gemütlich beim Plausch zusammensaß. Einzig regelmäßig gestört durch den Beschwerdeführer.

Der Dienstabteilungsführer sah ihn schon die Treppe zur Wache hinaufkommen und rief seine Kollegen.

„Er kommt, es geht los!“

Vorweg erkläre ich noch einen Gegenstand, der erstmals im Jahre 1952 zum Einsatz kam und dem Folgenden zum Verständnis dient.

Er heißt bei der Polizei schlicht „Lübecker Hütchen". Das sind Leitkegel aus Gummi mit rot-weißen Querstreifen, die wie eine Zipfelmütze oben spitz zulaufen. Die Leitkegel dienen als Absperrgerät zur optischen Führung von Verkehrsteilnehmern im Straßenverkehr.

Sie finden auch heute noch immer Verwendung. Dies zu den „Lübecker Hütchen".

Unser Querulant kannte sich aufgrund seiner vielen Besuche auf der Wache perfekt aus. Er öffnete die Eingangstür und ging gleich in Richtung des Tisches vom Wachhabenden.

Dann sah er etwas Unvorstellbares, ein Wahnbild, eine Fata Morgana.

Vier Beamte standen in Uniform auf dem großen Wachtresen, bekleidet mit einem langen weißen Verkehrsregelungsmantel, um die Taille das Koppel *(ein breiter Gürtel!)* mit Blinklichtern und auf dem Kopf jeweils ein „Lübecker-Hütchen". Händchenhaltend bewegten sie sich dabei in kleinen Schritten im Kreis, dabei sangen sie:

„Alle Tage wieder,
kommt Herr Julius Rindt,
auf die Wache nieder,

wo wir Polizisten sind.
Kehrt mit seinen Reden,
ein in jedes Haus,
geht auf allen Wegen,
mit den Schupos aus."

„Ja seid ihr denn verrückt geworden, ihr verblödeten Schwachsinnigen! Ich glaube bei euch tickt es nicht richtig. Ich wusste immer schon, dass ihr bekloppt seid. Aber wartet ab, dass wird für Euch Folgen haben!", schrie Herr Rindt wutentbrannt.

Wie eine Furie verließ er eiligen Schrittes die Wache.

Die Beamten stiegen vom Tisch und schlugen sich vor Lachen auf die Schenkel. Das folgende Frühstück hatte für sie nur ein Thema, wie wird Herr Rindt auf ihre Aktion reagieren?

Die Antwort ließ nicht lange auf sich warten: Der Revierleiter erschien aus der „Teppichetage".

„Ich hatte eben einen Anruf von unserem allseits bekannten Herrn Julius Rindt. War der heute Morgen schon auf der Wache?", fragte er.

Wie aus einem Munde kam von allen Frühdienstbeamten die Antwort: „Nein Chef, heute haben wir ihn Gott sei Dank noch nicht gesehen!"

„Habe ich mir doch gedacht, der scheint nun völlig durchgeknallt zu sein. Er erzählte mir Hirngespinste, totalen lächerlichen Unfug", resümierte der Leiter.

„Ich überlege mir noch, ob ich ihn wegen dieses Quatsches überhaupt zurückrufe. Da ist doch die Zeit zu schade für", ergänzte er.

Als die Beamten im Frühdienst gemeinsam im Schreibraum saßen, kam bei allen im Nachhinein ein schlechtes Gewissen auf. Hätten sie diesen Schabernack bloß gelassen.

Aber, vielleicht hielt es den Beschwerdeführer doch davon ab, zukünftig wegen jeder Kleinigkeit die Wache aufzusuchen.

Nach zwei Tagen lagen in den Vorgangsfächern der vier Beamten Zettel vom Revierleiter. Der Inhalt: „Melden Sie sich im nächsten Dienst bei mir!"

Die Unruhe bei den Beamten stieg an. Ein ängstliches Bauchgrummeln stellte sich ein. Was kam auf sie zu?

Mit einem ganz mulmigen Gefühl klopften sie vorsichtig an die Tür des Leiters.

Die Höflichkeit des Chefs überraschte sie, der ihnen sogar an seinem großen Besprechungstisch Plätze anbot.

Dann begann er:

„Ich habe einen Anruf vom Personalsachbearbeiter der Bezirksregierung erhalten. Dieser hatte nämlich ein Telefonat mit Herrn Rindt geführt. Über den Inhalt des Gesprächs hatte er sich Notizen gemacht, die er mir vorlas. Dabei konnte er vor Lachen und Prusten nicht innehalten. Er habe in seiner jahrzehntelangen beruflichen Laufbahn noch nie einen solchen Unfug gehört: Vier Polizei-

Weihnachtsmänner tanzten auf dem Wachtresen singend und händchenhaltend usw. Der Sachbearbeiter hat sich bei mir noch einmal erkundigt, ob die Person bei uns amtsbekannt sei. Ich habe über Herrn Rindt das uns Bekannte in Stichworten geschildert. Er antwortete sogleich, dass dies im neuen Jahr ein Fall für einen Amtsarzt sei. Er wolle dies dem örtlichen Gesundheitsamt noch vor Weihnachten zukommen lassen. Meine Herren, ich wollte Sie lediglich über den Sachstand informieren. Weitere Stellungnahmen erübrigen sich."

Erleichtert verließen die Beamten das Zimmer des Revierleiters.

Die folgenden Erkenntnisse erhielten die Beamten jeweils vom Leiter des Gesundheitsamtes.

Das Gesundheitsamt lud gleich nach Weihnachten den Beschwerdeführer vor. Der Aufforderung kam er jedoch nicht nach. Mit einem Krankenwagen sollte er von zu Hause abgeholt und zum psychiatrischen Landeskrankenhaus in der Nachbarstadt gefahren werden. Den Sanitätern widersetzte er sich mit den Worten: „Ich bin doch nicht verrückt." Aber mit Hilfe zweier Polizeibeamter gelangte er zur Untersuchung.

Der Arzt diagnostizierte bei dem Patienten nach seiner Schilderung des Vorfalls den Beginn einer Schizophrenie.

Der Patient blieb zur Beobachtung erst einmal für vierzehn Tage im Krankenhaus.

Im Abschlussbericht attestierte der behandelnde Arzt zwar der Person Wahnvorstellungen und Halluzinationen, gepaart mit festem Beharren auf seiner Meinung, merkte aber auch an, dass er keine Gefahr für die Allgemeinheit darstellt.

Herr Rindt durfte vorerst nach Hause zurückkehren.

Regelmäßige Untersuchungen hielt man aber weiterhin für dringend erforderlich.

Für jedermann nachvollziehbar, stand dem Beschwerdeführer bei jeglichem Kontakt mit der Polizei der Zorn ins Gesicht geschrieben.

Seine Unglaubwürdigkeit bescheinigte man ihm amtlich. Das Ignorieren all seiner Meldungen kam den Beamten einem Freibrief gleich.

Die Überheblichkeit hielt aber bei den vier Verursachern Einzug. Nach einer Revierdienstversammlung Anfang Februar im großen Saal einer Gaststätte in der Nähe des Bahnhofes, die einmal jährlich stattfand, und mit Skatrunden und spät abends mit Bierrunden endete, gaben die vier Beamten mit ihrer Geschichte an der Theke mächtig an.

Sie bemerkten aber nicht, dass in der benachbarten Nische der Amtsarzt mit dem Stadtdirektor und dem Leiter des Krankenhauses saßen.

Sie lauschten den sehr ins Detail gehenden Einzelheiten des Gesprächs und empörten sich merklich.

Am nächsten Morgen informierten sie den Polizeichef und dessen frühere Höflichkeit wich einem strengen Kritikgespräch, das in der Eröffnung eines Disziplinarverfahrens mündete.

Das aberwitzige Paradoxum endete mit einer empfindlichen, schwerwiegenden Bestrafung der beteiligten Beamten.

Dem Beschwerdeführer war dies aber nie eine Genugtuung. Zu tief saßen der Frust und das Misstrauen in die Staatsbediensteten. Er suchte nie wieder die Polizeiwache auf, geschweige denn sprach er einen Polizeibeamten auf der Straße noch einmal an.

Aber Beschwerdebriefe schickte er zuhauf an die Bezirksregierung, selbst Jahre später im hohen Alte noch.

Selbstverständlich galt sein Zorn bis an sein Lebensende den Polizeibeamten und nicht mehr den Flüchtlingen.

Dass die betroffenen Beamten schon längst pensioniert waren, störte ihn nicht. Die Nachfolger litten weiter darunter.

Die Schreiben mit meist beleidigendem Inhalt ließen die Sachbearbeiter bei der Bezirksregierung ohne Folgen.

Schließlich hatte man dem Betroffenen äußerst böse mitgespielt.

Ein Beispiel für die Zornesschreiben möchte ich kurz erwähnen:

Ein Revierleiter in den 70er-Jahren hieß Hauptkommissar Strasser. Zu dieser Zeit musizierte eine aus Funk und Fernsehen bekannte Big Band mit dem Bandleder Hugo Strasser.

Diesem Zufall geschuldet, nannte der Beschwerdeführer die Beamtenschaft des Polizeireviers nur noch „Hugo Strasser und sein Tanzorchester".

27.

Ich war schlimmer als ein Mörder

Dieses Buch hatte ich gedanklich bereits abgeschlossen. Über viele Monate waren mir die alten Fälle im Kopf herumgeschwirrt. Da erhielt ich einen Anruf in meiner Funktion als Leiter der Opferhilfeorganisation WEISSER RING Hannover.

Der Anrufer hinterfragte ein aktuelles juristisches Thema, den Gesetzesentwurf zur Rehabilitierung und Entschädigung von verurteilten Homosexuellen.

Aus der kurzen Nachfrage wurde ein zweistündiges Telefonat, was mich danach beschäftigte, ja fesselte und erschütterte. Die Schilderung musste unbedingt noch in das fast gedruckte Buch aufgenommen werden, weil sie doch auch das Milieu der damaligen Zeit widerspiegelt.

Bevor ich die erschütternde Erzählung des Anrufers wiedergebe, einige Informationen vorweg.

Die Bundesrepublik übernahm den im Jahre 1935 durch die Nationalsozialisten verschärften Paragrafen 175 des Strafgesetzbuches.

Der Inhalt:

„Ein Mann, der mit einem anderen Mann Unzucht treibt oder sich von ihm zur Unzucht missbrauchen lässt, wird mit Gefängnis bestraft.“

Allein im Jahre 1950, das Jahr, um dass es bei dem Anrufer ging, wurden über 2000 Männer nach diesem Paragraf 175 Strafgesetzbuch verurteilt.

Erst im Jahre 1994 wurde dieser komplett abgeschafft.

Heute sollen die Urteile aufgehoben und die Betroffenen finanziell entschädigt werden.

Der Anrufer sprach mit leiser, etwas brüchiger Stimme, woraus ich schloss, dass er ein Mann älteren Jahrgangs sein musste. Als ich nach seinem Alter fragte, antwortete er: „Ich werde 88 Jahre alt."

Ich selbst bin zwar nicht mehr der Jüngste, aber dieser Mann lebte eine Generation vor mir und für den älteren Herrn muss es noch belastender gewesen sein, als erfahrener, vom Leben gezeichneter Mensch mir das Folgende zu schildern.

Hier die emotionale Beschreibung des Betroffenen:

„Wir sind eine alteingesessene Familie. Bereits meine Großeltern lebten schon in der Innenstadt. Meine Kindheit verbrachte ich nach meinen Erinnerungen überwiegend in

der Kriegszeit. Mein Vater ist an der Ostfront gefallen. Meine Mutter musste uns drei Kinder, ich habe noch zwei Schwestern, allein aufziehen. Sie hatte ein hartes Leben mit vielen Entbehrungen. Ich bin ihr unendlich dankbar. Wie aufopferungsvoll sie für uns da war, ist unbeschreiblich. Allein drei hungrige Mäuler zu stopfen, war eine Goliath-Aufgabe. Aber sie schaffte es.

Bereits in meiner Jugendzeit merkte ich, dass ich dem männlichen Geschlecht zugeneigt war. Ich musste dabei erst einmal selbst mit mir ins Reine kommen. Selbstverständlich habe ich niemandem von meiner Neigung etwas erzählt. Das gehörte sich nicht, es war einfach nach meinem Empfinden ein Tabuthema.

Meine ersten sexuellen Erfahrungen machte ich mit siebzehn Jahren. Das war während meiner Lehrzeit. Ich lernte Maler und Lackierer innerhalb eines großen Werkes in der Stadt. Da gab es einen Altgesellen, der mich während meiner Ausbildung anleitete. Zu ihm hatte ich nicht nur ein väterliches Verhältnis, sondern wir kamen uns auch körperlich näher.

Zeitweise hatte ich auch einmal eine Freundin, merkte aber sehr schnell, dass sie sexuell weniger anziehend war.

Mit neunzehn Jahren hatte ich einen festen Freund. Wir mochten uns sehr. Er arbeitete auch im Werk, war aber als Lehrling bei den Maschinenbauern.

Aus unserer Beziehung machten wir ein großes Geheimnis, sowohl während unserer Arbeitszeit als auch in der Freizeit. Wir achteten genau darauf, dass wir nicht in der Hinsicht verdächtig wurden. Wir mussten etliches verheimlichen, waren sehr verschwiegen, vieles, was uns bewegte, mussten wir für uns behalten, überspielten verfängliche Handlungen, damit man uns nicht den kleinsten Hinweis anmerken konnte. Immer waren wir darauf bedacht, nur nicht erwischt zu werden.

Ich mochte den Jungen, daher war es einerseits eine schöne Zeit, andererseits aber eine von Angst geprägte Phase.

Schließlich wurden wir trotz aller Vorsicht auf der Werkstoilette in anstößiger, eindeutiger Situation vom Meister erwischt.

Dieser machte kurzen Prozess, berichtete der Werksleitung von dem Vorfall, der wiederum die Sittenpolizei einschaltete.

Unsere Intimität wurde auch innerhalb des Werkes öffentlich und war amüsanter und zugleich empörender Gesprächsstoff. Betriebsangehörige aus meiner Stadt hatten dies auch mitbekommen und trugen das Thema in unsere Straße.

Sowohl mein Freund als auch ich wurden sofort fristlos entlassen.

Nun begann mein Martyrium. Abgesehen von den polizeilichen Ermittlungen, Vernehmungen und der Gerichtsverhandlung, waren die altbekannten lieben Nachbarn und Mitbewohner meine ärgsten Feinde. Selbst die Flüchtlinge, die ebenfalls ein hartes Los in der Bevölkerung hatten, zeigten mit Fingern auf uns. Vielleicht war das auch ein willkommener Anlass, um von den eigenen Problemen abzulenken.

All diese Scheinheiligen glaubten, die Gerechtigkeit, den Anstand und die Moral mit Löffeln gefressen zu haben.

Dabei wusste ich, dass sie alle ihre Geheimnisse hatten, ihre finsteren Seiten, ihre Schlechtigkeiten. Diese Alteingesessenen und auch die Zugereisten maßen sich an, mich richten zu müssen, mein Leben zerstören zu dürfen.

Wenn ich daran denke, kommt in mir Wut auf. Wusste ich doch von jedem Einzelnen Dinge, die sie erröten lassen müssten. Was hatten sie alle auf dem Kerbholz.

Ich empfand Gott und die Welt als sehr ungerecht. Ich hoffte zutiefst, dass über diese Menschen ein überirdisches Urteil gefällt würde.

Ich habe etwas Unvorstellbares mitgemacht, dass ich niemandem wünsche.

Es hat mich gezeichnet, nicht nur in der damaligen Zeit, nein, mein ganzes zerstörtes Leben lang.

Ich wurde nämlich ein Unmensch, ein Ausgegrenzter, eine verachtenswerte Kreatur. Wie oft hatte ich Selbstmordabsichten und wie oft hatte ich das Gefühl, die Nachbarn hofften darauf.

Ich versuche Ihnen die Folgen meines Handels für meine Familie kurz etwas näher zu bringen:

Meine ganze Familie wurde diskriminiert. Meine Mutter, die für ihre Hilfsbereitschaft bekannt war, die vielen Menschen in der Innenstadt in Kriegszeiten als gelernte Krankenschwester geholfen hatte, wurde verachtet, nicht mehr gegrüßt, man wechselte die Straßenseite, um ihr aus dem Weg zu gehen. Selbst beim Einkaufen sprach man mit meiner Mutter im Geschäft nur das Nötigste.

Man entwendete uns Wäschestücke, die zum Trocknen auf der Leine des Hofes hingen und baumelte sie mit einem verächtlichen Schild an einem Kastanienbaum auf dem Kirchplatz auf. Ich wurde der Lächerlichkeit und dem Argwohn aller preisgegeben.

Meine beiden Schwestern, die nicht das geringste mit meiner Neigung zu tun hatten, wurden ebenfalls ausgegrenzt. Niemand wollte Kontakt mit ihnen.

Ich selbst war vollkommen isoliert. Die Nachbarn hatten Angst, dass mein Hang zu Männern ansteckend sein könnte. Zumindest gab mir niemand mehr die Hand.

Ich wurde auf offener Straße angespuckt und mit schlimmsten Worten bedacht.

Die Gerichtsverhandlung empfand ich als ein Vorführen eines Verbrechers. Ich stellte mir vor, dass ein Mörder nicht schlimmer verachtet werden konnte. Die Verhandlung endete mit einer Verurteilung zu einer Ersatzgeldstrafe.

Nach dieser Bestrafung redete ich mir selbst meine Schlechtigkeit ein. Die Bestrafung war ja keine Willkür, sondern musste ja seine Grundlage in einem demokratischen freien Land haben.

Unsere Wohnung, in der ich mit meinen Geschwistern aufgewachsen bin, wo bereits meine

Großeltern wohnten und die von meinen Eltern übernommen wurde, wurde

uns ein halbes Jahr später gekündigt. Zwar aus fadenscheinigen anderen Gründen, aber selbstverständlich war meine Homosexualität der Hauptgrund.

Eine neue Wohnung zu finden war fast aussichtslos. Meine älteren Schwestern waren der Situation nicht mehr gewachsen. Sie hatten nur eine Hoffnung, wegziehen und ein neues Leben in einer anderen Stadt zu beginnen.

Ich freute mich, dass sie das geschafft haben. Trotz meiner angeblichen Abartigkeit hatte ich zeitlebens einen guten Kontakt zu meinen Schwestern.

Meine Mutter und ich fanden eine kleine Wohnung bei einem bettlägerigen, älteren Herrn, den meine Mutter pflegte.

Meine Mutter hielt immer zu mir. Weder hat sie mir jemals Vorwürfe gemacht, noch hat sie mich als Straftäter gesehen. Ohne ihre Unterstützung, ihren Zuspruch, ihre Tatkraft, ihre Liebe hätte ich damals Schluss gemacht.

Dies war auch der Grund, dass ich aus der Provinz nicht weggezogen bin. Ich konnte meine Mutter nicht im Stich lassen, Dankbarkeit ist ein viel zu geringes Wort für das, was ich ihr gegenüber empfand.

Freunde hatte ich in der Stadt nicht mehr. Wenn mich der normale Trieb in den jungen Jahren packte, fuhr ich in die Stadt und suchte gewisse Etablissements auf.

Ein Versteckspiel, Heimlichtuerei, ich ekelte mich vor mir selbst, dass ich diese Neigung hatte.

Zehn Jahre später erlitt meine Mutter einen Schlaganfall und war auf meine Pflege angewiesen. Sie hatte alle Schmach auf sich genommen, gelitten, ich durfte sie nicht allein lassen. Es war das Mindeste, was ich ihr zurückgeben konnte.

Erst nach dem Tod meiner Mutter bin ich weggezogen. Ich habe in der Großstadt einen neuen Lebensinhalt gefunden.

Gleichwohl blieben Besuche der Verwandtschaft in meinem Kaff ein Spießrutenlauf.

Und selbst heute noch habe ich das Gefühl, dass die wenigen Bekannten mich immer noch schräg angucken.

In meinem greisen Alter bin ich nun übriggeblieben. Die meisten Bösen leben nicht mehr. Ich besuche sie manchmal auf dem Friedhof, die bekannten Namen dieser Stadt und beschimpfe sie. Hoffentlich hört mich dabei keiner.

Ich führte ein unwertes Leben, das auch nun mit Geld in meinem hohen Alter nicht aufzuwiegen ist."

Als Leiter der regionalen Opferhilfeorganisation hörte ich dieser Schilderung nur zu, ruhig und schweigend, aber innerlich sehr aufgewühlt.

Es fiel mir sehr schwer, zu meiner Aufgabe als Hilfeleister für Kriminalitätsoper zurück zu finden und erst recht nun sachlich über den Gesetzesentwurf zur Rehabilitierung und Entschädigung von verurteilten Homosexuellen zu reden.

Epilog

Die damalige Zeit mit Blick auf das Heute

Die Alteingesessenen lebten nach dem Zweiten Weltkrieg eine Art Renaissance des ausgeprägten kleinbürgerlichen Milieus.

Im Grundeigentum sahen sie einen „bleibenden Wert“, allerdings nur schuldenfreies Eigentum.

In der Abwägung siegten Haus und Grund gegenüber dem beruflichen Erfolg. Trotz des spürbaren Verzichtes sollte alles so bleiben wie sie es damals vorfanden. Dafür nahmen sie auch Sparsamkeit und Bescheidenheit in Kauf. Kein Fremder sollte ihnen etwas wegnehmen. Es galt als Gebot der Stunde, Sicherheit zu garantieren. Familiärer Zusammenhalt spielte eine wichtige Rolle. Sehnsüchtig wünschten sie sich Geborgenheit, Beständigkeit und Frieden.

Die Beurteilung ihrer moralischen Ansichten ließe vielleicht einen anderen Betrachtungswinkel zu.

Es herrschte Not. Zwänge führten zu anderen Maßstäben. Ihr Verhalten, ihr Handeln, ja ihre Triebe wären heute skandalös, verwerflich, menschenverachtend und nicht zuletzt strafbar. Damals nach dem Kriege nahm die Bevölkerung es hin, duldete vieles, selbst die Verfolgungsbehörden schauten weg.

Sicherlich hatte man im Krieg auch Verzicht üben müssen. Einen Nachholbedarf verspürten die meisten.

Was hinter den mächtigen Toren der Ackerbürgerhäuser passierte, hatte den Staat nicht zu interessieren.

Heute könnte man den Eindruck gewinnen, dass wir uns zurückentwickelt haben und prüder geworden sind.

Hinsichtlich Sitte, Ethos und Moral erwartet der mündige Bürger heute ein anderes Handeln in bestimmten Situationen bzw. wird ein anderes Verhalten für richtig gehalten.

Aber, wie uns der letzte Fall zeigt, gab es auch Grenzen, die mit den heutigen moralischen Vorstellungen hoffentlich überholt sind.

Ob das Erlaubte überschritten ist, hängt deutlich vom Zeitgeist ab. So war ein Einschreiten nach dem Krieg statthaft, was heute unzulässig wäre und umgedreht. Das Nichttätigwerden wird heute als Strafvereitelung geahndet.

Auch die Kriminalität befindet sich ständig im Wandel der Zeit, genauso wie die Begrifflichkeiten, obwohl die juristischen Tatbestandsmerkmale der Paragrafen vielfach geblieben sind.

Schlug jemand seine Familie, so handelte es sich um Familienstreitigkeiten, die mit einem erhobenen Zeigefinger und einem „Du-Du" geahndet wurden. Im höchsten Fall saß der Mann eine Nacht in der Ausnüchterungszelle ab. Heute heißt dies häusliche

Gewalt und wird als Körperverletzungsdelikt, Bedrohung, Nötigung usw. verfolgt.

Früher verunglimpfte man jemanden, tratschte und klatschte über ihn, ohne eine Bestrafung zu erfahren. Heute sagen wir Mobbing dazu. Für gewisse Fälle gibt es sogar einen neuen Paragrafen namens Nachstellung oder auch Stalking.

Unwahrheiten im Kaff zu verbreiten, war an der Tagesordnung, heute überschreiben einige dies neudeutsch als Fake News.

Wer zum Zwecke der Bereicherung Frauen mit viel persönlichem Charme und in umschmeichelnder Art die Ehe versprach, stempelten wir als Heiratsschwindler ab. Gelingt ihm dies anonym in unserer Zeit über das Internet, definieren wir es als Romance Skimming.

Wurde früher der Zuhälter noch so genannt, gruppieren wir ihn in unserer Zeit bei Lover Boys ein.

Die Kriminalität passt sich offensichtlich den neuen Terminologien und Technologien an. Die Delikte verlagern sich vielfach ins Internet. Es ist vorhersehbar, dass es bald keine handfeste Beute mehr gibt, sondern die kriminellen Ziele über computergenerierte und virtuelle, fiktive Realitäten erreicht werden.

Die Beweggründe und Motive der Täter bleiben aber gleich:

Eifersucht, Bereicherung, Angst, Hass, Trieb, Neid, Sucht, Ausgrenzung, Ehrverletzung...

Wenn die damaligen Altvorderen heute durch ihre alten Kaffs gehen würden, was würde ihnen Auffallen?

Der Grundriss der Altstädte ist mit unwesentlichen Ausnahmen geblieben.

Wenige alte, renovierte Bausubstanz, steht neben Neubauten, besonders architektonisch Gelungenes ist dabei die Seltenheit.

Selbst die Verkehrsführung erfuhr nur sehr geringe Neuerungen, obwohl die Motorisierung stark zunahm. Zwangsläufig führt dies oft zum Verkehrsinfarkt.

Veränderungen stoßen auch heute noch auf wenig Gegenliebe.

Fremdartig würden sie die Döner- und Kebab-Läden, die Pizzerien, Sushi-Bars, Spielhallen und Nagelstudios mustern.

Die Vergeudung von Kraft in Fitness- und Sportstudios, anstatt mit der Energie etwas zu erzeugen, begriffen sie nicht.

Der Nutzen von Alten- und Pflegeheimen wäre ihnen fremd. Die Pflege der älteren Familienmitglieder war eine Pflicht, die schon beizeiten den Nachkommen beigebracht wurde.

Heute herrscht zwar tagsüber mehr Betriebsamkeit, aber spätabends und nachts kann man die Bürgersteige genauso hochklappen wie früher.

Landwirtschaft und Viehzucht drängten auf die Dörfer. Die Innenstädte verbündeten sich mit der

Peripherie, den Neubaugebieten in den Randlagen. Die Flächen der alten Innenstädte vergrößerten sich mit den erweiterten Kernstädten.

Es gibt niemanden mehr, der nur seinen Flecken Land kennt. Die Begrenztheit wich einer großstädtischen Orientierung.

Dies hatte zur Folge, dass mehrere Generationen nicht mehr zusammenleben, sie keine (Zweck-) Gemeinschaften mit zwangsläufigen Verpflichtungen bilden.

Es sind mehr Menschen geworden, die Einwohnerzahl stieg und mit ihr die Anonymität. Nachbarn kennen sich oftmals nicht mehr und wissen wenig voneinander.

Die Bewohner stehen nicht mehr vor den Häusern und reden miteinander bzw. übereinander. Nein, sie reden offensichtlich per Headset mit einem unsichtbaren Gegenüber oder schauen unentwegt auf ihr in der Hand haltendes Mobiltelefon.

Von den alten Namen lassen sich nur noch wenige in der Kernstadt finden, obwohl es sie noch gibt. Sie verkauften überwiegend ihren alten Besitz und siedelten sich in Randlagen oder Dörfern an.

Und es gibt auch viele, die das Eigentum durch besondere Umstände verloren haben.

Eigentum ordnen sie nur noch begrenzt als wichtig ein, den Vorfahren fühlt man sich nicht mehr so verpflichtet.

Die Bevölkerung orientiert sich im Gegensatz zu der Nachkriegszeit an geänderten Werten und Lebensstilen.

Aber das ist normal. Die Zeiten haben sich geändert. Entscheidend ist vor allem, dass seit vielen Jahren in unserem Land Frieden herrscht. Den gilt es zu bewahren.

Die Folgegenerationen leben heute in einem anderen Milieu, in einer anderen Umwelt, die sie in ihrer Entwicklung, ihrem Denken und Fühlen prägt.

Und der heutige hohe Lebensstandard ist mit den damaligen Bedingungen nicht vergleichbar.

Zwischen den Einheimischen und den damaligen Zugereisten, Heimatvertriebenen, Flüchtlingen und Gastarbeitern bestand ein getrübtes Verhältnis.

Die Anwesenheit von Fremdarbeitern betrachteten sie zur allgemeinen Verbesserung der wirtschaftlichen Lage als eine temporäre Erscheinung. Irgendwann würden sie in ihre Heimatländer zurückkehren.

Flüchtlinge bzw. Vertriebene nahmen die Hiesigen auf, waren es doch Landsleute, denen der Krieg böse mitgespielt hatte.

Weil die wirtschaftliche Entwicklung es hergab, integrierte sich die Vielzahl. Teilweise schaute man aber mit Neid und Missgunst auf die Erfolgreichen dieser Gruppe.

Eines wiederholt sich nun nach den Jahrzehnten; es bitten erneut viele Zugereiste um Asyl im weitesten Sinne. Menschen, die vertrieben, verfolgt, gedemütigt wurden, die aus Angst um ihr Leben und das ihrer Angehörigen flüchteten, aus Kriegsgebieten, aus Armutsgebieten, aus Katastrophengebieten. Sie suchen Sicherheit, eine Zukunft, ein besseres Leben. Sie machten auf ihrem langen, dornigen Weg vieles mit, haben gelitten, was zurückgelassen, sind traumatisiert. Einige fallen durch Aggressivität auf, manche begehen Straftaten.

Die Parallelen von gestern zu heute sind unübersehbar.

Aber es existieren bezüglich der Traumatisierungen noch weitere verschwiegene Parallelen, wie der Fall des Widerstandbeamten gezeigt hat.

Viele Kriegsteilnehmer sprachen über das grausam Erlebte, selbst mit Frau und Kindern nicht. Sie behielten es unglücklicherweise für sich, fraßen es in sich hinein, vielleicht aufgrund von Schuldgefühlen. Einige suchten Trost in Alkohol oder Tabletten, andere wurden „komisch" oder depressiv. In ihrer Ausweglosigkeit wählten mache sogar den Freitod.

Die damaligen Fremden betrachten wir heute überwiegend als „Inhucker", wie es in manchen Landstrichen damals hieß, Menschen die in ihr neues Zuhause, in die örtliche Gemeinschaft „hineinhuckten". Mit einer Selbstverständlichkeit bezeichnen sie sich heute als Hiesige.

Das alte Wort ist auch nicht mehr zeitgemäß, „Inhucker" definieren wir als Integrierte.

Durch die neuen, heutigen Ausgegrenzten aus dem außereuropäischen Raum kommt es zu Veränderungen von kulturellen, sozialen und politischen Interessen und Bedürfnissen in unserer Innenstadt, der gesamten Stadt, in allen Städten, ja in der gesamten Gesellschaft. Wir erleben heute eine soziokulturelle Vielfalt.

In unseren kleinen Städten finden Hinzugekommene ihre emotionalen und ihre identitätsstiftenden Haltepunkte, ihre neue Heimat. Mit der jetzigen Stärkung des Begriffs „Heimat" kann niemand etwas Rückschrittliches in Verbindung bringen, sondern ganz im Gegenteil, eine gute, eine vorwärtsweisende Idee, deren Zeit gekommen ist.

Und auch über heutige polizeiliche Fälle zwischen vertrauten und fremden Gesichtern könnte man bestens berichten, allerdings nicht mehr im Milieu der Ackerbürger, sondern im Milieu der „?".

Diesen Begriff wird uns die Zukunft liefern.

Ich könnte mir in Zeiten der Globalisierung, mit dem rasanten, technischen Fortschritt, insbesondere in der Kommunikationstechnologie, der Digitalisierung, dem Vormarsch von Robotern, künstlicher Intelligenz, der Liberalisierung des Handels, dem Anstieg der Weltbevölkerung vorstellen, dass auch dann wieder eine sogenannte Flüchtlingsproblematik eine Rolle spielt.

Würde jemand unser heutiges „kriminelles" Milieu in fünfzig Jahren aufschreiben, so lächelt der

Leser darüber mit Sicherheit genauso in sich hinein, wie wir heute über die exemplarischen 27 Fälle schmunzeln und daneben unseren ernsten Gedanken nachhängen.

Entscheidend ist aber das friedliche Miteinander in der Stadt.

Zu einem guten Schluss passt oft eine Weisheit:

Zu einem alten Weisen kam einst ein Fremder, um sich in dessen Stadt niederzulassen. Der Fremde fragte ihn: „Was für Leute wohnen bei euch?" – „Was für Menschen wohnen denn in deiner Heimatstadt?", fragt der Weise zurück. – „Lauter unfreundliche und egoistische Leute!", sagt der Fremde. – „Genau die gleiche üble Sorte wohnt auch hier!", bestätigt der Weise.

Bald kam ein anderer mit derselben Frage. Auch ihn fragte der Weise „Was für Menschen wohnen denn da, wo du bisher gewohnt hast?" Der Fremde erwiderte: „Ich ziehe ungern weg. Dort wohnen so liebenswerte Leute!"

Da beruhigt ihn der Weise: „Solch wunderbare Menschen warten auch hier auf dich!"